JEUNESSE

Le Pari d'Agathe

Le Pari d'Agathe

SONIA SARFATI

ILLUSTRATION : JOCELYNE BOUCHARD

QUÉBEC AMÉRIQUE Jeunesse

Catalogage avant publication de Bibliothèque et Archives Canada

Sarfati, Sonia
Le Pari d'Agathe
(Bilbo jeunesse : 20)
ISBN 2-89037-407-6
I. Titre II. Collection.
PS8587.A73P37 1988   jC843'.54   C88-096413-8
PS9587.A73P37 1988
PZ23.S27Pa 1988

Conseil des Arts du Canada   **Canada Council for the Arts**

Nous reconnaissons l'aide financière du gouvernement du Canada par l'entremise du Programme d'aide au développement de l'industrie de l'édition (PADIÉ) pour nos activités d'édition.

Gouvernement du Québec – Programme de crédit d'impôt pour l'édition de livres – Gestion SODEC.

Les Éditions Québec Amérique bénéficient du programme de subvention globale du Conseil des Arts du Canada. Elles tiennent également à remercier la SODEC pour son appui financier.

Québec Amérique
329, rue de la Commune Ouest, 3e étage
Montréal (Québec) Canada H2Y 2E1
Téléphone: (514) 499-3000, télécopieur: (514) 499-3010

Dépôt légal: 3e trimestre 1988
Bibliothèque nationale du Québec
Bibliothèque nationale du Canada

Réimpression : mars 2005

© 1988 Éditions Québec Amérique inc.
www.quebec-amerique.com

À Jared et Cat,
pour les remercier de m'avoir
entrouvert la porte de leur monde

Chapitre 1

– Bonjour!

Le bruit du clavier s'arrêta.

– C'est toi, Agathe?

– Oui, maman!

– Un instant. Je termine mon paragraphe et j'arrive.

Madame Valin était écrivain. Agathe avait donc appris, très jeune, à ne pas la déranger lorsqu'elle s'enfermait dans son bureau. «L'inspiration ne vient pas sur commande et je dois l'attraper quand elle passe», lui avait expliqué sa mère. C'est ainsi qu'Agathe, alors âgée de quatre ans, avait imaginé que l'inspiration était un gros papillon vert et jaune – ses couleurs préférées – qui pénétrait de temps en temps dans le bureau de sa mère. Celle-ci le guettait et refermait précipitamment la porte dès qu'il était entré. Ensuite, elle l'attrapait et l'enfermait dans sa machine à écrire.

Agathe trouvait cela un peu cruel, mais en y réfléchissant, elle s'était dit que le papillon devait aimer ça puisqu'il réussissait toujours à s'échapper au bout de quelques heures et qu'il s'obstinait à revenir régulièrement.

Elle sourit en repensant à tout cela. Depuis, cinq longues années s'étaient écoulées, le papillon avait disparu et la machine à écrire s'était transformée en ordinateur. Mais il ne fallait toujours pas déranger maman quand la porte de son bureau était fermée.

Elle préparait son goûter préféré – une tranche de gâteau surmontée d'une montagne de crème glacée – lorsque sa mère arriva dans la cuisine. Le «papillon» s'était envolé.

– Tu as eu une bonne journée?

demanda Madame Valin.

– Comme ci, comme ça, répondit Agathe d'un ton soucieux.

Ce matin, madame Dubuc nous a annoncé qu'un nouvel élève allait arriver dans la classe. Ça nous a étonnés puisqu'il ne reste que deux semaines d'école avant les vacances. Mais il paraît que c'est parce que son père a été transféré par la compagnie pour laquelle il travaille. Madame Dubuc nous a aussi dit que le nouveau était d'origine française et qu'il s'appelait... Clovis Théron. Quand Sophie Proulx a entendu ce nom, elle s'est bien sûr mise à faire des farces avec Laurent Richer. Et on s'est tous mis à rire.

– Toi aussi?

– Ben... oui, fit Agathe en baissant la tête. Un nom pareil, c'est quand même drôle, non?

– J'admets que c'est un nom qui sort de l'ordinaire mais de là à en rire... Agathe non plus n'est pas un prénom très commun. Et quand on a déménagé, il me semble bien qu'il t'est arrivé d'avoir de la peine à cause de ça.

Agathe plissa son nez, comme

chaque fois qu'elle savait avoir tort.

– Oui, c'est vrai, avoua-t-elle. Mais ça n'a pas duré longtemps parce que dès que j'en voyais un rire, je lui cognais dessus!

– Et Clovis, qu'est-ce qu'il a fait?

– Rien... puisqu'il n'était pas encore arrivé!

– Et quand il est arrivé...

– On a ri encore plus, souffla Agathe en rougissant.

– Et pourquoi donc? s'étonna madame Valin.

– Parce qu'il est... gros.

– Il est quoi?

– Il est gros! Gros, tu sais ce que ça veut dire, non?

– Je comprends très bien ce que tu dis, Agathe. Mais ce que j'ai de la difficulté à saisir, c'est pourquoi tu as trouvé ça si drôle. Ton oncle Germain n'est pas ce qu'il y a de plus mince et tu n'en as jamais fait de cas, il me semble.

– Mais ce n'est pas pareil! L'oncle Germain, je suis habituée de le voir depuis que je suis toute petite. Quand on le rencontre, je m'attends à ce qu'il soit gros. Mais le nouveau, personne ne le connaissait – et tout le monde a ri en le voyant. Tu imagines, il est gros et il s'appelle Théron... Clovis «T'es rond»!

– Alors, si je comprends bien, le nouvel élève de ta classe est un petit Français qui s'appelle Clovis et tu trouves ça très drôle, conclut madame Valin d'un ton sec.

– Non! répondit Agathe. Le nouvel élève de ma classe est un GROS Français et TOUTE la classe trouve ça drôle!

– Tout ce que je peux vous dire, mademoiselle Agathe Valin, c'est que si vous continuez à vous bourrer de gâteau et de crème glacée comme vous le faites en ce moment, vous risquez de devenir une GROSSE Canadienne avec un drôle de nom! Et moi, je ne trouverais pas ça amusant du tout!

Sur ce, madame Valin sortit de la cuisine. Après l'école, Agathe avait eu des remords à cause de son attitude envers le nouveau mais à présent, elle se sentait encore plus triste car elle n'aimait pas décevoir sa mère. Elle était si fière de sa maman qui écrivait des livres...

C'est pourquoi elle sortit et, par habitude, parcourut les quelques mètres qui conduisaient de chez elle à la rivière des Prairies. Chaque fois qu'elle avait de la peine, elle cherchait du réconfort en s'installant au bord de l'eau. Madame Valin connaissait cette habitude et plusieurs fois, elle avait retrouvé sa fille assise sur une pierre, les yeux pleins de larmes ou les sourcils froncés, essayant de résoudre un problème. Le courant, les reflets de l'eau et le bruit des vagues semblaient l'inspirer et la calmer.

Agathe franchit donc la clôture qui séparait la rue du bord de la rivière. À cet endroit, les berges n'étaient pas encore aménagées et il était rare qu'elle n'y fût pas seule. Pourtant aujourd'hui, quelqu'un était assis au bord de l'eau. Quelqu'un était installé sur son rocher préféré. Vexée, elle allait faire demi-tour lorsque ses yeux se posèrent sur cette silhouette repliée sur elle-même. Il n'y avait pas à s'y tromper: c'était Clovis!

Il lui tournait le dos. Elle pouvait

donc facilement repartir chez elle sans qu'il sache jamais qu'elle l'avait vu. Mais une fois en «sécurité» dans sa chambre, que ferait-elle? N'était-elle pas venue ici pour réfléchir au meilleur moyen de s'excuser à Clovis? Or Clovis était là.

Lui aussi cherchait le réconfort dans la solitude du bord de l'eau. Le cœur d'Agathe se serra en pensant qu'elle avait fait du mal à quelqu'un qui, intérieurement, lui ressemblait. Elle prit donc une grande inspiration et se dirigea vers Clovis d'un pas ferme. Quand elle arriva près de lui, elle vit qu'il avait le visage entre les mains. Il semblait perdu dans ses pensées et ne l'avait pas entendue arriver. Respirant encore un grand coup pour se donner du courage, elle s'avança et s'assit à côté de lui.

– Je ne te dérange pas? demanda-t-elle.

Clovis sursauta, tourna la tête vers elle et la regarda. Puis il sourit et fit signe que non.

«C'est vraiment un garçon étonnant, pensa Agathe. Il n'a pas du tout l'air de m'en vouloir.»

– C'est bien ici, n'est-ce pas! poursuivit-elle. À vrai dire, c'est mon coin préféré pour réfléchir. J'y viens chaque fois que j'ai un problème. Oui, chaque fois que quelque chose ne va pas, je me retrouve ici. C'est pour ça que j'y suis souvent!

Clovis sourit à sa plaisanterie.

– Je m'appelle Renaud Théron, dit-il soudain. Et toi?

– Renaud? s'étonna Agathe. Je... je croyais que tu étais Clovis! Tu es son frère?

Le visage du jeune garçon devint blême.

– Co... comment connais-tu mon nom? demanda-t-il finalement après un long silence.

– C'est que je suis dans ta classe et...

En entendant ces mots, Clovis se leva d'un bond.

– Je dois partir, dit-il sèchement. Il faut que je rentre, sinon je vais être en retard pour le souper.

«Il ne m'avait pas reconnue! comprit soudain Agathe. C'est pour ça qu'il ne semblait pas m'en vouloir. Mais pourquoi m'a-t-il menti au sujet

16

de son nom?» Pour le savoir, il fallait qu'elle l'empêche de s'en aller.

– Menteur! cria-t-elle en se levant à son tour.

Il se retourna vivement.

– Décidément, j'ai de la chance, dit-il d'un ton sarcastique qui surprit Agathe. Tu viens de trouver une insulte que je n'avais pas encore reçue. Merci. Mais, entre toi et moi, je dois avouer que je n'ai pas très bien compris pourquoi tu m'as dit ça.

Mal à l'aise, Agathe fronça son nez. La réplique, vive, l'avait prise de court. Clovis avait l'air tellement... tellement... inoffensif.

– Ben, tu ne m'as pas dit ton vrai nom et, en plus, tu voulais me faire croire que tu devais rentrer pour souper, répondit-elle en haussant les épaules. Mais tout le monde sait que le soir, les Français mangent très tard.

– J'ai fait ça par gentillesse, répondit Clovis. J'ai trouvé une excuse polie pour partir.

– Mais pourquoi ne veux-tu pas rester?

– Je pense que l'on s'est assez moqué de moi aujourd'hui, fit-il en la regardant droit dans les yeux. Toi, tu n'as pas assez ri? Il t'en faut encore?

Agathe ne se sentit pas très fière d'elle et essaya de se justifier:

– Toi aussi tu t'es moqué de moi tout à l'heure, quand tu m'as dit que tu t'appelais Renaud!

– Ce n'était pas pour me moquer de toi! riposta Clovis.

Tout en s'asseyant, il se mit à parler plus vite et plus doucement.

– Tu vois, je ne t'avais pas reconnue. Et quand tu t'es approchée, je me suis dit que si tu n'apprenais pas mon nom tout de suite, tu deviendrais peut-être mon amie...

Il passa une main sur son visage.

– Oh zut! J'ai de la poussière dans mon œil droit.

– Alors pourquoi est-ce que ton œil gauche est tout rouge lui aussi? demanda Agathe d'un ton sceptique.

Clovis la dévisagea et, à sa grande surprise, il vit qu'elle aussi avait des larmes dans les yeux. Ils s'observèrent un moment en silence puis, soudain, ils éclatèrent de rire.

– Oh la la! fît Clovis au bout de quelques minutes. Ça fait longtemps que je n'avais pas autant ri. Et toi?

Agathe rougit sans répondre. Non, ça ne faisait pas longtemps. La dernière fois, c'était ce matin même, à l'école... En la regardant, Clovis comprit. Tout à coup, ils se sentaient gênés et ne savaient plus quoi se dire.

– Je crois que je vais rentrer, fît Clovis au bout de quelques secondes.

Sa voix était si triste qu'Agathe sentit qu'elle allait de nouveau avoir «du sable dans les yeux».

– Clovis, dit-elle doucement. Je voudrais m'excuser pour ce matin. Et j'aimerais être ton amie... si tu le veux aussi.

Silence. Et soudain, un bruit bizarre ressemblant à un mélange de rire et de reniflement.

– Tu parles, si je veux! s'écria-t-il en lui donnant une claque amicale dans le dos. Mon premier copain au Canada! Et en plus, c'est une copine! Heu... c'est quoi ton nom déjà?

Les deux nouveaux amis parlèrent pendant un bon moment au

bord de la rivière. C'est là qu'Agathe apprit l'histoire de Clovis.

Chapitre 2

Deux ans plus tôt, monsieur Théron était venu s'installer au Québec avec toute sa famille, c'est-à-dire madame Théron, Clovis et les deux petites jumelles qui avaient alors un an, Sandrine et Rébecca. Monsieur Théron faisait partie du conseil d'administration d'une grosse compagnie française et il venait au Québec pour y établir des succursales.

Ils arrivèrent pendant l'été et s'installèrent à Saint-Bruno. Au cours des mois qui suivirent, madame Théron passa le plus clair de son temps avec ses enfants. Ensemble, ils allaient à Montréal et visitaient le Jardin botanique, le mont Royal, la Ronde et le Vieux Montréal. Durant les week-ends, la famille partait dans les Laurentides, allait camper au mont Tremblant ou admirer les chutes Montmorency. Et presque tous les soirs, ils allaient «prendre une marche» dans le parc du mont Saint-Bruno.

Clovis adorait le pays qu'il découvrait. Il était au paradis. Du moins jusqu'à ce que la rentrée scolaire arrive.

Dès qu'il prononça son nom à l'école, plusieurs élèves de la classe éclatèrent de rire. Et même si la maîtresse menaça de les garder en retenue, le mal était déjà fait: Clovis n'osa plus ouvrir la bouche durant toute la matinée. Plus tard, pendant la récréation, il se retrouva soudain entre deux garçons qui le poussèrent dans un coin de la cour.

– Dis donc, Éclovisse, est-ce qu'on apprend à se battre dans ton pays? demanda l'un d'eux. On t'attend après l'école. On verra bien ce que tu sais faire...

À la fin de la journée, il sortit de la classe en se demandant bien ce qui allait lui arriver. Mais sa mère était là, avec Rébecca et Sandrine.

– Alors, Clovis, comment ça a été? demanda-t-elle.

– Très bien, mentit-il.

– J'ai pensé venir te chercher puisque c'est ta première journée d'école ici. Qu'est-ce que tu dirais d'une glace pour fêter ça?

– Une glace? interrogea Agathe.

– C'est comme ça qu'on appelle la crème glacée en France. Tu sais, là-bas, on n'en mange pas aussi souvent qu'ici! Alors, tu parles si j'étais content! Et c'est comme ça que je suis devenu... gros.

Agathe sursauta.

– Parce que tu n'étais pas gros à ce moment-là?

– Non, répondit Clovis en rougissant. Je te montrerai des photos si tu veux!

– Non, non, je veux bien te croire. Mais quand même, ce n'est pas une malheureuse crème glacée qui a pu faire... ça!

Clovis rougit encore plus.

– Non bien sûr. Mais d'après le docteur, le fait d'avoir mangé quelque chose que j'aime beaucoup après avoir été très très malheureux a créé en moi un lien inconscient entre le malheur et la nourriture. À cause de cela, chaque fois que je suis triste, je mange.

– Tout ça pour UNE crème glacée? J'arrive pas à le croire. C'est pas contagieux, au moins?

– Mais non, ne t'inquiète pas. Et en réalité, la crème glacée n'est pas la seule coupable. Si j'ai réagi comme ça, c'est, paraît-il, parce que j'ai des difficultés d'adaptation. Changer de pays et d'école, ce n'est pas facile. Surtout quand on est timide et... qu'on a un drôle de nom. Il soupira et Agathe se sentit mal à l'aise.

– Tu sais, Clovis...

– Non, laisse-moi continuer, s'il te plaît. Pour une fois que j'ai le courage de raconter tout ça... faut que j'en profite! dit-il avec un petit rire triste.

Agathe hocha la tête et écouta.

– Après la première journée d'école, j'ai été tellement gêné que je n'ai plus osé parler à personne. Et, pire que ça, quand un élève m'approchait, même gentiment, je ne disais rien jusqu'à ce qu'il se décourage et s'en aille. Bref, à la fin, à part Sébastien Langevin et Martin Bertrand qui m'embêtaient tout le temps, je crois que les autres ne se rendaient même plus compte que j'étais là. Je sais que c'était en grande partie de ma faute, mais je n'y pouvais rien. Et je me disais que de toute manière, je m'en fichais. Du moment que je pouvais manger une tarte aux pommes ou trois barres de chocolat en revenant de l'école...

Il jeta un coup d'œil à Agathe et, la voyant attentive, continua son récit:

– Quand mon père a dit qu'on devait déménager, j'ai pensé que ça pouvait être une seconde chance pour moi. C'est pour ça que j'ai insisté pour changer d'école tout de suite, même si j'aurais pu finir l'année à celle de Saint-Bruno. Mais depuis ce matin, je me demande si ça valait la peine...

– Il ne faut pas dire ça! s'exclama Agathe. Tu n'es pas le seul nouveau que l'on ait bousculé! En réalité, on le fait avec tous! Moi aussi quand je suis arrivée ici, il y a trois ans, je suis passée par là. Mais je ne me suis pas laissée faire. Et maintenant, j'ai de bons amis à l'école. Et toi aussi tu en auras! Alors comme tu seras heureux, tu mangeras moins et tu seras moins...

Gênée, elle s'interrompit.

– Moins gros, compléta Clovis lui-même. Tu peux le dire. Il y a des miroirs et une balance chez moi. Je sais bien de quoi j'ai l'air. Mais de toute façon, cela ne réglera pas le cas de mon prénom... et il y aura toujours quelqu'un pour se moquer de moi.

– Il est vrai que s'appeler Clovis, c'est... c'est un genre quoi!

– C'était le nom d'un roi franc.

– Un roi franc? s'étonna Agathe. Tu crois que ça existe, un roi qui ne ment pas?

– Mais non! répondit Clovis en riant. Pas un roi franc! Un... roi... franc.

– Ah! Et tu peux m'expliquer la différence?

– Bien sûr! Les Francs étaient un peuple venu du Nord qui, il y a longtemps, a envahi la Gaule. La Gaule est alors devenue la France, le pays du roi Clovis et de ses Francs.

– Je comprends! fit Agathe en souriant. Et plus tard, les Francs ont appris à mentir comme tout le monde et ils sont devenus des Français!

Clovis se mit à rire lui aussi.

– Bon, reprit Agathe après avoir regardé sa montre. Je m'amuse bien mais à présent, il faut que je rentre.

– Moi aussi, répondit Clovis.

– Alors allons-y. Tu habites dans le coin?

– Juste à côté, dans le grand immeuble.

– Eh bien, ça c'est une coïncidence! Nous sommes voisins! Tu es passé devant chez moi pour venir ici!

Ils se séparèrent donc quelques minutes plus tard, après avoir décidé qu'ils partiraient à l'école ensemble le lendemain matin. Lorsqu'elle entra chez elle, Agathe se sentait soudain légère comme... comme le papillon qui était en compagnie de sa mère en ce moment, si elle en croyait le bruit que faisait le clavier de l'ordinateur.

Chapitre 3

Les jours qui suivirent furent parmi les plus heureux que Clovis vécut au Canada. Agathe était vraiment «une chic fille». Pas comme cette Sophie Proulx qui, avec son cher Laurent, se moquait de lui à la moindre occasion.

– Ne te laisse pas faire! s'écriait Agathe. Enfin, Clovis, je vais finir par croire que tu es une poule mouillée!

– Ne t'inquiète pas. Un jour, j'aurai ma revanche, affirmait-il.

Agathe soupirait en se disant qu'elle avait bien hâte que ce jour arrive...

Quoi qu'il en soit, le temps passa et soudain, ce fut la dernière journée de classe. Une journée attendue par tous non seulement parce que les vacances étaient enfin arrivées, mais aussi à cause des nombreuses activités qui étaient organisées. Celle que préférait Agathe, les mini-olympiques, se déroulait dans le parc situé près de l'école.

C'est dans ce parc qu'elle se trouvait, attendant Clovis, lorsque Sophie Proulx arriva.

– Alors, Agathe, tu te mets avec ton chum?

– Je ne sais même pas de qui tu parles, riposta Agathe en haussant les épaules.

– Ben voyons donc! Ne me dis pas que gros comme il est, tu ne t'es pas rendu compte qu'il te suivait partout!

– Tu es jalouse? Toi, tes amis, tu les achètes avec les bonbons du dépanneur de ton père!

– C'est toi qui es jalouse, Agathe Valin! Et dis-toi une chose: ton gros Clovis, je pourrais bien l'acheter aussi, si je voulais. D'ailleurs, laisse-moi faire et je vais t'en donner la preuve.

C'est à ce moment que Clovis arriva.

– Salut, Agathe, fit-il. On se met ensemble pour les courses mixtes?

Avant même qu'Agathe ait eu le temps de répondre, Sophie prit la parole.

– Justement, Clovis, je me demandais si tu ne voulais pas te mettre avec moi, dit-elle gentiment. Mon père m'a donné quelques barres de chocolat que nous pourrions partager... pour nous donner des forces avant les compétitions.

Agathe lui donna un coup de coude mais elle n'y fit pas attention et continua de sourire à Clovis. Celui-ci la regarda en fronçant les sourcils. Pourquoi voulait-elle se mettre avec lui et même lui donner du chocolat, elle qui ne perdait pas une occasion de le ridiculiser?

Il tourna la tête vers Agathe pour essayer de comprendre mais celle-ci, ébranlée par les paroles que Sophie avait prononcées plus tôt, regardait attentivement le bout de ses souliers. C'est alors que Clovis crut comprendre ce qui se passait.

Deux jours plus tôt, Agathe lui avait montré les médailles qu'elle avait gagnées au début de l'année et à la fin de l'année précédente. Elle avait semblé heureuse et fière d'avoir remporté tous ces prix. Mais si elle courait avec lui aujourd'hui, elle n'en gagnerait sûrement pas autant. Elle avait donc demandé à Sophie de se mettre avec lui!

De son côté, Agathe aussi tirait ses conclusions. Elle avait toujours eu l'intention de se mettre avec Clovis... mais son hésitation montrait bien qu'il préférait Sophie et ses bonbons!

– Décide-toi! s'écria Sophie avec impatience.

Clovis ne savait vraiment pas quoi faire. Et plus il hésitait, plus Agathe se sentait triste. L'amitié de Clovis ne tenait-elle qu'à quelques bonbons? Et plus Agathe refusait de le regarder, plus Clovis était malheureux. Son amitié ne tenait-elle qu'à quelques médailles?

– Écoute... commencèrent-ils en même temps.

Ils se regardèrent et soudain, ils éclatèrent de rire. À ce moment-là, Laurent Richer arriva.

– Viens, Sophie, nous devons nous pratiquer, dit-il. Parce que cette année, nous avons de la GROSSE concurrence!

Sophie se mit à rire et suivit son ami.

– Ce qu'ils sont bêtes tous les deux, soupira Agathe en les regardant s'éloigner.

– Mais ils sont aussi drôlement malins, répondit Clovis. Sophie a bien failli nous monter l'un contre l'autre...

– C'est bien vrai. Mais on ne la laissera plus faire. Et maintenant, viens te pratiquer! On va leur en montrer, à elle et à son Laurent.

– O.K.! s'écria Clovis, soudain rempli d'optimisme.

Optimisme que, dans le fond, Agathe ne partageait pas trop. Elle avait été assez souvent au parc avec lui pour se rendre compte qu'il n'était pas en forme du tout...

Et en effet, ils ne gagnèrent aucune des courses auxquelles ils participèrent. Ils terminèrent derniers au rallye et abandonnèrent l'épreuve dans laquelle ils devaient courir ensemble, la jambe droite de l'un attachée à la jambe gauche de l'autre. La course de brouette fut, elle aussi, un désastre: ils arrivèrent les premiers dans la partie de la course où Clovis tenait les pieds d'Agathe pendant que celle-ci courait sur ses mains mais après, quand il fallut faire le contraire, Agathe dut abandonner. Clovis était trop lourd pour elle...

– Excuse-moi, Agathe, fit Clovis à la fin de l'après-midi. C'est à cause de moi qu'on n'a rien gagné.

– Mais non, ce n'est rien, répondit Agathe. Moi non plus, je n'étais pas très en forme aujourd'hui.

Pourtant, sa voix était triste. Au fond d'elle-même, elle regrettait d'avoir tout raté. Surtout maintenant, alors que Sophie Proulx et Laurent Richer étaient en avant, tendant le cou pour recevoir leurs médailles.

– Alors, Agathe Valin, dit Sophie un peu plus tard, en passant près d'elle. Comment se sent-on quand on ne gagne rien du tout? J'aimerais bien que tu me le dises parce que moi, vois-tu, je ne connais pas ça.

Pour la bonne raison que ça ne m'est jamais arrivé!

Agathe serra les dents et ne répondit pas.

– Allons, ma chère, continua Sophie. Il va falloir que tu t'habitues à perdre si tu veux continuer à faire équipe avec Super-Clovis. Parce qu'avec lui, tu ne gagneras jamais rien... à part des kilos!

En entendant cela, Clovis se sentit écrasé par toute la honte qu'il avait un peu oubliée ces derniers jours. Il aurait voulu se défendre mais que pouvait-il dire? Sophie avait entièrement raison.

– Je... je dois partir, Agathe, dit-il en baissant la tête. On se verra plus tard... peut-être.

Et il s'en alla en sentant dans son dos le regard triste de son amie. En voyant cela, Sophie éclata de rire.

C'est alors qu'Agathe se retourna vers elle. Ses yeux brillaient de colère. De colère contre cette chipie de Sophie mais aussi contre Clovis qui n'avait pas le courage de se défendre.

– Sophie Proulx, dit-elle lentement en la regardant droit dans les yeux, je te parie qu'à la rentrée scolaire, c'est moi qui vais gagner toutes les médailles. Et je serai quand même avec Clovis.

– Ah oui! fit l'autre en riant. Alors il va falloir que tu fasses de la musculation pour gagner. Parce que pour amener Clovis à la ligne d'arrivée, il faudra que tu le portes! À moins que tu ne l'enfermes dans une cage pendant tout l'été et que tu ne lui donnes rien à manger. Comme ça, il sera peut-être de taille normale à la rentrée!

– Tu paries ou tu ne paries pas? répondit Agathe comme si elle n'avait rien entendu.

Son ton était si assuré et si calme que Sophie y perçut comme une menace et hésita un peu avant de répondre. Mais en fait, que risquait-elle dans un pari aussi stupide? Elle était sûre de gagner.

– Si tu es assez bête pour parier là-dessus, bien sûr que je relève le défi, dit-elle. Disons que la perdante devra faire les trois premières choses que lui demandera l'autre. Heu... et ce n'est pas tout: tu n'auras pas le droit de mentionner le pari à Clovis. Parce que si ça le fâche, j'aurais le cœur brisé d'avoir participé à la fin d'un aussi... gros amour; mais d'un autre côté, si ça ne le vexe pas que tu aies fait un pari sur son dos et qu'il décide de t'aider à le gagner, la partie serait trop facile pour toi! Alors, que réponds-tu à tout cela?

– Pari tenu! répliqua simplement Agathe.

Chapitre 4

Agathe était assise à table. Le menton appuyé sur ses mains, les sourcils froncés, elle réfléchissait. Depuis la veille, elle pensait sans cesse à Clovis. À Clovis et à ce pari stupide qu'elle avait fait avec Sophie. Qu'est-ce qui lui avait donc pris?

– Voilà des vacances qui s'annoncent calmes, dit madame Valin en s'installant en face d'elle. Que se passe-t-il?

Agathe sursauta.

– Je t'ai fait peur? s'étonna sa mère.

– Non, non, répondit Agathe en souriant. Mais j'étais dans la lune et tu m'as fait atterrir un peu trop vite. C'est tout. Papa est déjà parti?

– Oui. Il avait rendez-vous avec une autruche.

– Ah bon.

Madame Valin regarda sa fille attentivement.

– Dis donc, toi, tu es sûre que tu vas bien?

– Oui. Pourquoi?

– Pour rien. J'ai simplement l'impression que tu es un peu distraite et que tu ne m'écoutes pas.

– Mais oui, je t'écoute. Tu m'as dit que papa avait un rendez-vous important avec une...

Et elle éclata de rire.

– Tu as raison: j'étais encore dans la lune! J'ai compris qu'il allait rencontrer une autruche!

– Et c'est bien ce que j'ai dit, répondit madame Valin en riant. Elle arrivait ce matin à l'agence et ton père n'aurait raté ça pour rien au monde.

– Une autruche à l'agence? Pour quoi faire?

– De la publicité bien sûr. Quoi d'autre? Elle va servir de mascotte à une nouvelle campagne. Et tu ne devineras jamais pour quel type de produit...

– Heu... pour des œufs?

– Des œufs?

– Ben oui! Une annonce du style «Des œufs tellement gros que même les autruches en sont jalouses!»

Madame Valin se mit à rire.

– Non, ce n'est pas ça. Notre autruche va être le porte-parole d'un nouveau produit amaigrissant. Elle expliquera que rien ne sert de faire l'autruche quand on a un surplus de poids: on a beau essayer de cacher ses bourrelets sous des vêtements que l'on croit amincissants, les autres les voient quand même; tout comme l'autruche qui a la tête dans le sable n'est invisible pour personne... sauf pour elle-même!

Entendre parler de surplus de poids ramena Agathe à ses préoccupations, c'est-à-dire à Clovis et au pari. Et à nouveau, elle n'écouta plus les propos de sa mère.

– Bon! fit madame Valin en se

levant. Il semble faire beau sur la Lune aujourd'hui! On dirait bien que je n'arriverai pas à te retenir ici! Mais avant de t'installer pour de bon sur ton cratère, essaie de terminer ton déjeuner.

Sans répondre, Agathe avala pensivement une gorgée de jus d'orange. Clovis. Ce nom revenait tout le temps dans sa tête. Clovis gentil mais aussi Clovis lâche. Et à nouveau, la colère monta en elle. Elle le revoyait fuir devant les moqueries de Sophie. Et elle se revoyait aussi, lançant ce défi idiot. Ce n'était pas très malin de sa part...

«Mais dans le fond, pensa-t-elle soudain, il faut vraiment que Clovis maigrisse. Si son poids redevient normal, il se sentira mieux dans sa peau et il sera moins gêné. Dans le fond, pari ou pas pari, ce que je vais faire, c'est uniquement pour son bien. Et de toute manière, s'il avait joué avec moi tout l'été, il aurait perdu plusieurs kilos. Cette histoire de défi ne fera qu'accélérer les choses...»

Elle allait donc passer à l'action.

Et pas plus tard que tout de suite. À peine un «Je vais chez Clovis» crié à travers la porte du bureau de sa mère et elle sortit. Cinq minutes plus tard, elle sonnait chez les Théron.

– Bonjour, Agathe! fit madame Théron en lui ouvrant la porte. Si tu viens voir Clovis, il est en train de déjeuner.

Agathe trouva en effet son ami dans la cuisine. En voyant les six tranches de pain grillé empilées dans une assiette, le pot de confiture et le grand bol de lait au chocolat, elle ne put s'empêcher de soupirer. À ce moment, Clovis leva les yeux et, en la voyant, se mit à rougir. Il n'était pas très fier de l'attitude qu'il avait eue la veille.

– Bonjour, Agathe. Tu vas bien?

– Oh oui, fit-elle en s'asseyant en face de lui.

– Je... je m'excuse pour hier.

– Ça va, c'est oublié, répondit Agathe en regardant le déjeuner que Clovis se préparait à engloutir et en se demandant comment elle pourrait faire pour l'en empêcher.

– Vrai? Tu es drôlement gentille de ne pas m'en vouloir et de rester mon amie. Je ne sais pas comment te remercier.

– Moi je le sais!

Une idée de génie venait soudain de germer dans sa tête.

– Est-ce qu'il te reste encore du pain? demanda-t-elle.

– Non...

«Heureusement!» pensa Agathe, soulagée.

– Alors, tu veux bien partager ton déjeuner avec moi? Je n'avais pas faim tout à l'heure et je n'ai rien pris à la maison. Mais de voir tout ça, ça m'a ouvert l'appétit...

– Pas de problème, répondit joyeusement Clovis en poussant l'assiette vers elle.

Agathe se saisit alors de deux tranches de pain, les recouvrit d'une généreuse couche de confiture, les mit l'une sur l'autre et les dévora en quelques bouchées. Elle attrapa ensuite le bol de lait et en vida la moitié d'une traite. Puis, elle recommença son manège avec deux autres tranches de pain. Clovis la regardait, bouche bée.

Il ne songeait même plus à manger.

– C'était délicieux, dit-elle finalement en se léchant les doigts, après avoir vidé l'assiette et le bol. Oh, mais j'ai mangé tout ton repas! Il fallait m'arrêter voyons!

– Mais non, c'est rien, dit Clovis d'une voix pas très convaincue.

– Alors, tout est parfait! Et maintenant, que dirais-tu d'aller au parc pour fêter le début des vacances?

Clovis hésitait. C'est qu'il avait faim, lui. Mais Agathe n'avait pas l'intention de le laisser là. Elle n'avait pas avalé toute cette nourriture pour qu'il se mette à manger n'importe quoi dès qu'elle aurait le dos tourné.

– Viens donc, insista-t-elle. Tu ne vas pas me laisser tomber dès notre premier jour de liberté!

– D'accord, répliqua Clovis en soupirant à nouveau.

– Parfait! s'écria Agathe avec enthousiasme.

Un enthousiasme qu'elle était loin de ressentir. Son ventre était tendu comme s'il allait éclater et elle n'avait envie que d'une chose: s'allonger. Il était évident qu'elle ne pourrait pas utiliser cette stratégie pendant tout l'été. Elle n'avait pas envie de devenir énorme ou, pire, de mourir d'une indigestion! Mais en attendant, une chose était sûre: si la guerre n'était pas encore gagnée, la première bataille était dans sa poche. Et dans son ventre...

Chapitre 5

C'est ainsi qu'Agathe commença ce qu'elle appela son travail d'entraîneur. Car tout ce qu'elle faisait – et tout ce qu'elle ferait à Clovis pendant l'été – n'avait qu'un seul but: mettre son ami en forme. Et si, grâce à cela, ils gagnaient le pari, tant mieux! Mais avant d'en arriver là, il restait bien des journées à meubler, bien des kilos à perdre et... bien des astuces à trouver pour faire bouger Clovis et l'empêcher de trop manger...

– Bonjour!

Agathe tourna la tête. Voyant Clovis installé sur les marches de l'escalier de l'immeuble où il habitait, elle s'arrêta et descendit de son BMX.

– Salut! dit-elle en s'approchant. Tu vas bien?

– Pas trop mal, répondit-il en grimaçant. Et toi?

– Bof...

C'était le second jour des vacances et tous deux portaient encore les traces de leur aventure de la veille: Agathe, qui avait rêvé toute la nuit qu'on l'obligeait à manger des montagnes de pain à la confiture et à boire des seaux de chocolat au lait, avait mal au cœur à la seule idée de devoir avaler une seule bouchée de nourriture; quant à Clovis, il en aurait pour une semaine, croyait-il, avant de pouvoir se débarrasser des courbatures causées par la petite séance de parc qui avait suivi le fameux repas.

– Eh! C'est à toi ça? s'exclama soudain Agathe en apercevant une planche à roulettes à côté de Clovis.

– Oui, bien sûr. C'est mon rouli-roulant.

– Et... tu sais en faire? demanda-t-elle.

Elle avait de la difficulté à imaginer Clovis en équilibre sur cette planche, lui qui était si maladroit. Pour lui montrer de quoi il était capable, son ami déposa la planche au milieu de la rue, se donna un élan et se laissa descendre. Une fois en bas, il prit le virage et disparut aux yeux d'Agathe. Elle le vit réapparaître après quelques secondes, sa planche sous le bras et un grand sourire aux lèvres.

– Cette rue est vraiment super! dit-il en remontant. Une descente, un virage et pas de voitures qui peuvent arriver en sens inverse. C'est l'endroit idéal pour faire du rouli-roulant.

Au bout d'une minute, il était aux côtés d'Agathe, légèrement essoufflé mais heureux.

– Qu'est-ce que tu en dis? demanda-t-il fièrement.

– C'était drôlement bien, répondit-elle, très étonnée.

Mais ce «drôlement bien» ne s'appliquait pas qu'à la descente. Il

49

s'appliquait également au fait que Clovis semblait fatigué d'avoir remonté la côte et à l'idée que cela lui avait donnée. Mais avant tout, il lui fallait vérifier quelque chose.

– Est-ce que je peux essayer? questionna-t-elle.

– Bien sûr!

Agathe s'empara donc de la planche et imita ce que son ami avait fait. Et tout se passa très bien. Car même si elle n'était jamais montée sur une planche à roulettes, elle possédait un atout que Clovis ignorait: en hiver, quand elle faisait de la luge, elle était imbattable dans les descentes debout. Or descendre debout sur une luge ou sur une planche, ça se ressemblait beaucoup, venait-elle de s'apercevoir.

Pendant qu'elle remontait en souriant, Clovis l'attendait, content qu'elle ne soit pas tombée mais aussi un petit peu déçu qu'elle ait réussi aussi facilement.

– C'est pas mal! lui dit-il.

– Tu trouves? fit-elle. C'était juste mais j'y suis arrivée!

Agathe sentait que Clovis était un

peu vexé, mais elle n'avait pas le choix. Une occasion comme celle-là ne se représenterait peut-être pas de sitôt. Il fallait donc qu'elle mette son plan en application tout de suite. Et pour cela, elle ne devait pas ménager la fierté de son ami.

– Dis, Clovis, j'ai une idée! Si on faisait un concours?

– Un concours de quoi?

– De descentes, bien sûr! On va voir celui qui peut en faire le plus sans tomber. D'accord?

Clovis la regarda sans enthousiasme. Il n'y avait pas dix minutes qu'elle avait appris à faire de la planche à roulettes et voilà qu'il fallait qu'elle se compare à lui!

– Ça ne me tente pas trop, répondit-il après un moment de silence.

– Aurais-tu peur de perdre? demanda-t-elle en se disant intérieurement que Clovis devait la trouver plutôt méchante. Et il aurait raison.

– N... non, fit-il en rougissant. Je me disais simplement que ça ne serait pas très intéressant pour celui qui va regarder l'autre. Au lieu de faire un concours, on pourrait descendre chacun son tour. Ce serait plus amusant.

– Ben voyons! Si quelqu'un va s'ennuyer, c'est moi! Habile comme tu es, tu vas descendre sans arrêt!

– Mais alors, pourquoi tu veux jouer à ça? demanda-t-il, intrigué.

– Pour jouer à quelque chose. Tu me laisses commencer?

– Vas-y, fit Clovis en haussant les épaules et en s'asseyant sur le trottoir avec un soupir.

– C'est un départ! s'écria alors Agathe en se lançant dans sa première descente.

Rapidement, Clovis commença à s'ennuyer et se demanda s'il avait bien fait d'accepter de participer à ce petit jeu. Il se le demandait encore plus au bout de la dixième descente d'Agathe. À la vingtième, il lui «suggéra» d'arrêter. Mais quand son amie «suggéra» à son tour qu'il disait cela parce qu'il avait peur de ne pas être capable de la battre, il se ravisa. Toutefois après trente descentes, il n'en pouvait plus. Et Agathe s'en aperçut.

– Aïe! s'écria-t-elle en tombant, comme par hasard, deux descentes plus tard.

Et Clovis, aussi inquiet qu'il fût en arrivant à sa rencontre, soupira de soulagement. Enfin, c'était terminé!

– Tu t'es fait mal? demanda-t-il.

– Un peu, répondit-elle en remontant tranquillement. Mais j'ai surtout eu peur. De toute manière, je vais pouvoir me reposer maintenant... pendant que tu t'amuseras.

Clovis comprit alors à quoi il s'était engagé. Pour gagner, il allait devoir faire au moins trente-trois descentes (facile!), mais aussi trente-trois remontées (horreur!).

Il effectua sa première descente à la perfection. Sa remontée, elle, fut toutefois beaucoup moins... gracieuse. En soupirant et en soufflant, il retourna à son point de départ une fois, deux fois, trois fois, dix fois, vingt fois... Il avait chaud et était épuisé. Au moment où il se préparait à remonter pour ce qui lui semblait être la millionième fois, ses yeux se posèrent sur Agathe. Elle s'était allongée à l'ombre et semblait reposée, souriante. Devant l'injustice de la situation, il décida qu'il remontait pour la dernière fois. Oui, concours ou pas concours, orgueil ou pas orgueil, il abandonnait.

Mais comme il arrivait en haut de la côte, Agathe bondit.

– Trente-trois! cria-t-elle en l'attrapant par le cou. Tu as gagné, Clovis!

– J'ai... j'ai gagné?

– Oui! Veux-tu continuer pour voir jusqu'à combien tu peux aller?

– Non! s'exclama-t-il en s'écrasant par terre, trop épuisé pour toute démonstration de joie.

– Je suis vraiment contente que tu aies réussi! déclara alors Agathe en s'installant à côté de lui. Mais de toute manière, je savais bien que je ne pouvais pas arriver première à ce concours. Tu aurais pu faire cette descente pendant deux jours sans tomber une seule fois!

Clovis rougit de plaisir et, en voyant le sourire réapparaître sur le visage de son ami, Agathe se sentit heureuse. Car si elle avait perdu le soi-disant concours, Clovis, pour le gagner, avait remonté la pente trente-trois fois! Et ça, c'était du sport... et peut-être un kilo de moins!

– Eh bien, dit-elle en soupirant après un moment de silence. On dit que l'important, c'est de participer. Mais la prochaine fois, je prendrai ma revanche!

Oh non! se dit Clovis ce soir-là, en rangeant sa planche bien au fond de son placard. Car il n'y aurait pas de prochaine fois. Mais il se trompait.

Chapitre 6

Le lendemain après-midi, Agathe téléphona à Clovis.

– Alors, comment se sent-on dans la peau d'un champion?

– Courbaturé, répondit-il.

– Ce sont les risques du métier! Mais il paraît que si on bouge, la douleur s'en va plus vite.

– Et j'imagine que tu as justement une idée pour me faire bouger. Je me trompe?

– N... non. Je t'appelais pour savoir si ça te tentait de venir avec moi au dépanneur. Je vais chercher quelque chose pour ma mère. Je prendrais mon BMX et toi, ta planche!

– Il n'en est pas question! s'exclama Clovis à l'autre bout du fil. Je me suis promis de ne plus toucher à cette planche de toutes les vacances!

– Mais pourquoi? Allons, viens avec moi, ce sera tellement amusant, répliqua Agathe.

– Et tellement injuste aussi. Parce qu'avec ta bicyclette, tu peux aller beaucoup plus vite que moi.

Mais Agathe n'allait pas renoncer aussi facilement.

– Dans ce cas, si tu veux, je prendrai la planche pour le retour, dit-elle. Comme ça, on forcera autant l'un que l'autre. Et après, tu viendras chez moi prendre une collation. Ma mère vient de faire des biscuits.

Ce dernier argument convainquit Clovis. Il avait déjà goûté aux pâtisseries de madame Valin et jugeait qu'elles valaient largement le déplacement qu'Agathe lui proposait.

Cinq minutes plus tard, ils partaient. Agathe pédalant sur sa bicyclette, Clovis poussant et poussant sur sa planche à roulettes. Car naturellement, le dépanneur en question se trouvait tout en haut d'une côte. Quand ils y arrivèrent, la sueur coulait dans le dos et sur le front du jeune garçon. Quant à son cœur, il semblait vouloir éclater. Mais pas de joie! Avec soulagement, il se laissa tomber sur le banc de bois situé devant le magasin pendant qu'Agathe allait faire sa commission. Quelques minutes plus tard, celle-ci ressortait, les mains vides.

– Ils n'en avaient pas, grommela-t-elle en remontant sur son BMX. Il faut aller à l'autre.

– Oh non! s'exclama Clovis. C'est loin?

– Non, ne t'en fais pas. Un coin de rue à peine. Et à partir d'ici, la route est plate.

Mais le dépanneur suivant n'avait pas non plus ce que cherchait Agathe. Ni l'autre d'ailleurs. Pas plus que le quatrième auquel ils s'arrêtèrent. Clovis soufflait comme une cheminée et râlait tant qu'il pouvait.

– Tu cherches des huîtres perlières ou quoi? J'en ai assez, je retourne chez moi!

– Attends! répondit Agathe en pointant du doigt un petit magasin. Je suis sûre que là, je vais trouver!

– Je l'espère, dit Clovis en essuyant son front d'où coulait ce qui lui semblait être une rivière de sueur.

Et comme de fait, Agathe sortit au bout de quelques minutes, un grand sourire sur les lèvres. Elle agitait un paquet en direction de Clovis.

– Regarde, ça y est, je l'ai! cria-t-elle.

– Finalement! fit-il avec soulagement.

Et, comme elle plaçait le sac de papier dans le panier de son BMX, il ne put s'empêcher d'y jeter un coup d'œil...

– Du pain tranché! Tu m'as fait venir jusqu'ici pour du pain tranché! s'exclama-t-il en apercevant l'emballage. Tu ne vas pas me dire qu'il n'y avait pas de pain dans les quatre magasins précédents!

Agathe rougit. Elle était vraiment mal à l'aise car... elle n'avait pas prévu que Clovis verrait le pain.

«Il faut que je trouve une excuse,

se dit-elle. Et vite. Oh! Inspiration, s'il te plaît, viens sur moi!» Et soudain, tout fut clair dans sa tête. Elle regarda son ami droit dans les yeux et se mit à parler avec assurance.

– Ce n'est pas n'importe quel pain, lui dit-elle. C'est du pain protéiné. Celui que ma mère utilise quand elle se met au régime. Et il se trouve qu'il n'y en a pas partout.

Clovis la regarda, sceptique. Puis, la voyant si sûre d'elle, il se passa une main dans les cheveux.

– C'est vrai? fit-il d'une voix indécise.

Agathe hocha la tête tout en pensant qu'à la fin de l'été, elle battrait sûrement le record du monde des mensonges.

– Alors excuse-moi, continua-t-il.

– Tu n'as pas à t'excuser, répliqua-t-elle en se félicitant de sa trouvaille. Je te dis que si c'est à moi qu'une histoire pareille était arrivée, j'aurais réagi comme toi... ou peut-être même plus mal!

Ils se mirent à rire et reprirent le chemin du retour. Mais Clovis avait tellement l'air épuisé qu'Agathe lui proposa de lui prêter son BMX. Après tout, il avait déjà dépensé pas mal d'énergie à l'aller. Clovis réfléchit un moment à cette offre et décida finalement de continuer sur son engin. Il avait sa fierté, après tout.

– Mais essaie de rouler un peu moins vite! spécifia-t-il tout de même.

– Clovis, je suis fière de toi, répondit solennellement Agathe, tout en ralentissant son rythme.

Trois quarts d'heure plus tard, ils arrivaient chez elle.

– Viens me voir un instant, Agathe, fit madame Valin lorsqu'elle les entendit parler.

– J'arrive, répondit Agathe, légèrement surprise.

Le fait que sa mère lui demande d'entrer dans son bureau alors qu'elle était dans un de ses «rendez-vous» avec l'inspiration n'était pas un très bon signe...

Elle indiqua à Clovis d'aller l'attendre dans le salon.

– Vous avez été bien longs, dit madame Valin.

– Oh... C'est parce qu'on s'est

amusés en route, répondit Agathe en ajoutant un mensonge à sa liste de la journée.

– Tu aurais dû me prévenir. Je commençais à m'inquiéter. Près de deux heures pour aller acheter un pain, c'est beaucoup, tu ne trouves pas?

– Je regrette, répondit Agathe en baissant les yeux.

– Oui, je sais. Jusqu'à ce que tu oublies une autre fois n'est-ce pas? compléta sa mère en souriant. Essaie quand même de ne pas recommencer ça avant... disons, une semaine!

Dix minutes plus tard, Agathe entrait dans le salon.

– Ma mère nous a préparé à chacun une assiette de cinq biscuits, dit-elle en tenant les plats derrière son dos. Tu veux la droite ou la gauche?

– Oh, n'importe! répondit Clovis d'un ton gourmand.

– Alors je garde celle-là, fit Agathe en montrant celle de droite. Parce que vois-tu, ce sont des biscuits en forme de lettres et... j'aime mieux manger les M que les I.

Clovis ne tarda pas à comprendre pourquoi: les biscuits d'Agathe, à cause de leur forme, étaient au moins trois fois plus gros que les petits bâtonnets qui semblaient perdus dans son plat. «Si au moins ils avaient leur point, ces I», pensa-t-il en avalant le premier biscuit d'une seule bouchée.

Et le sourire d'Agathe s'élargit encore plus. Mais ça, Clovis ne s'en rendit pas compte.

Chapitre 7

Ce matin-là, Agathe avait beau se tourner et se retourner entre ses draps, rien ne lui venait à l'esprit. Elle ne voyait pas comment poursuivre «l'entraînement» de Clovis. Elle avait épuisé son stock d'idées géniales, semblait-il. Il faut dire que l'avant-veille, au mont Royal, elle s'était réellement surpassée...

Il faisait très beau en ce mercredi du mois de juillet et madame Valin avait proposé à Agathe de l'emmener, en compagnie de Clovis, sur le mont Royal. Ce dernier avait immédiatement accepté l'invitation et une heure plus tard, ils étaient tous les trois dans l'auto. Sur les genoux d'Agathe se trouvait un sac à dos contenant trois petites boîtes qu'elle avait soigneusement préparées deux jours plus tôt.

– Vous préférez qu'on se stationne en bas de la montagne ou en haut, près du lac des Castors? avait demandé madame Valin en arrivant sur l'avenue du Parc.

– En bas! s'était écriée Agathe, assez fort pour couvrir le timide «On pourrait monter» de Clovis.

Ils avaient donc laissé l'auto dans une petite rue et s'étaient dirigés vers le chemin des Calèches. Les promeneurs, les cyclistes et les coureurs étaient nombreux. Ainsi que les écureuils, à la plus grande joie d'Agathe et de Clovis qui essayaient de les attirer en leur montrant des morceaux de feuilles. Mais les animaux, habitués de se faire offrir arachides et autres friandises, s'enfuyaient dès qu'ils apercevaient l'appât peu alléchant que leur tendaient les deux enfants.

66

– Venez ici! avait crié Clovis courant derrière eux.

Agathe l'avait regardé en souriant. Il n'y avait pas si longtemps, elle aurait dû inventer toute une histoire pour faire courir son ami. Et voilà qu'à présent, il s'y mettait tout seul. Elle se sentait fière d'elle... et de lui. Il était de plus en plus en forme et, comme en témoignaient ses shorts légèrement trop grands, il avait maigri. Mais pas encore assez au goût d'Agathe.

– Oh, maman! s'était-elle soudainement écriée. Est-ce que Clovis et moi on peut monter par l'escalier jusqu'au belvédère? Je voudrais qu'il voie la ville de là-haut.

– Mais je l'ai déjà vue! s'était exclamé Clovis qui n'avait pas envie de grimper dans cet immense escalier.

– Rabat-joie! avait alors répondu Agathe. Et blasé en plus. Moi, ça fait au moins trente fois que je viens admirer cette vue sur la ville et je trouve ça tellement beau que ça ne me dérange pas de la voir encore une fois!

– Voyons, Agathe! avait fait

67

madame Valin. Ne t'énerve pas comme ça. S'il n'a pas envie de monter, il peut rester avec moi. Tu nous rejoindras au bord du lac quand tu auras fini de jouer à la chèvre de montagne... ou plutôt à la chèvre d'escalier.

Contrariée, Agathe avait froncé son nez et pris un air triste. Un air auquel, elle le savait, le trop facilement influençable Clovis succombait toujours.

– C'est bien, Agathe, avait-il dit, je te suis.

– Bon, alors je vous laisse, avait dit madame Valin. Je vais m'installer près du lac. Tu connais mon coin, Agathe?

Celle-ci avait hoché la tête.

– Nous nous y retrouverons donc à midi. Ça vous va?

Les deux amis avaient approuvé. Mais une fois qu'ils s'étaient retrouvés seuls, Clovis avait regardé l'escalier avec inquiétude. Percevant son hésitation, Agathe avait sorti la première «carte» de son jeu.

– J'ai une idée! avait-elle crié.

«Aïe, aïe, aïe», s'était dit Clovis,

qui avait une perception assez...
douloureuse des idées de son amie.

– On va faire une course jusqu'en
haut et...

– Ah non! s'était-il alors écrié,
exaspéré. Avec toi, il faut toujours
courir, sauter, grimper ou faire la
course! Tu ne sais pas marcher, par
hasard?

– Arrête de t'énerver! Ce que je
propose, c'est une course avec un
prix à l'arrivée. Celui qui arrivera le
premier gagnera la boîte de Smarties
que j'ai dans mon sac.

Et la gourmandise avait eu raison
des hésitations de Clovis... comme
Agathe l'avait prévu.

Quelques secondes plus tard, les
deux amis s'étaient élancés à toute
vitesse dans les marches de bois.
Dès le deuxième palier de l'escalier,
leur allure avait beaucoup diminué.
Au milieu de la troisième section, ils
marchaient et en arrivant en haut,
ils rampaient presque. Mais Clovis
était parvenu le premier sur la
dernière marche.

Là, il s'était effondré contre la
clôture pour reprendre son souffle,

imité par Agathe qui le suivait de près.

– Tu... as gagné, avait-elle dit d'une voix essoufflée.

– Il a... combien de... marches... cet esca... lier? avait alors demandé Clovis, en cherchant sa respiration.

– Deux cents...

– Deux cents marches! Eh bien, je les ai mérités, mes Smarties!

– Ah oui, j'oubliais! avait dit Agathe.

Elle avait fouillé dans son sac et avait tendu à son ami la récompense tant convoitée.

– Mais..., avait fait Clovis en s'emparant de la boîte et en la secouant. Mais elle est vide!

Il avait regardé Agathe d'un air stupéfait et celle-ci avait levé vers lui son regard le plus innocent.

– Mais enfin, je t'ai dit que le gagnant aurait une boîte de Smarties. C'est ce que je t'ai donné, non?

Clovis avait alors ouvert la bouche pour répliquer et Agathe avait grimacé en attendant ses reproches. Et soudain, contrairement à toute attente, il avait éclaté de rire.

– Alors là, toi, tu es culottée! Je dois dire qu'un coup comme celui-là, il fallait le trouver!

Soulagée, Agathe avait souri en se disant que les réactions de Clovis la surprendraient toujours.

– Tu sais, avait-elle dit à mi-voix, comme pour lui confier un secret. J'ai une autre boîte dans mon sac...

– Et tu veux qu'on partage les bonbons qu'elle contient! s'était exclamé son ami avec enthousiasme.

– Pas vraiment, Monsieur le gourmand! On va faire une autre course. Mais cette fois-ci, il faudra monter les escaliers à trois reprises. Celui qui gagnera aura la boîte.

– Et, elle est pleine, cette boîte? avait alors demandé Clovis d'une voix dans laquelle perçait la méfiance.

– Tu as bien appris la leçon! avait répondu Agathe en éclatant de rire. Oui, elle est pleine.

– Alors, je suis d'accord!

Un quart d'heure plus tard, ils s'étaient laissés tomber sur la terre battue située en haut des escaliers. Mais là, il leur avait bien fallu une minute ou deux avant de pouvoir retrouver assez de souffle pour parler.

– J'ai... j'ai gagné, avait finalement murmuré Clovis.

Agathe avait alors ouvert son sac pour en sortir une petite boîte.

– Merci... beaucoup, avait-il dit en s'en emparant et en entendant les bonbons s'entrechoquer dans le paquet.

Mais lorsqu'il avait versé une partie du contenu de la boîte dans sa main, son visage avait changé d'expression.

– Des cailloux, avait-il dit d'une voix étranglée en dirigeant sur Agathe un regard rempli de colère.

– Tu... tu ne t'es pas assez méfié, avait répondu celle-ci en lui adressant un sourire inquiet. Je t'ai parlé d'une boîte pleine, mais je n'ai pas dit pleine de quoi...

Loin de calmer Clovis, ces paroles avaient eu l'effet de le rendre encore plus furieux. Il avait jeté la boîte par terre et s'était relevé en criant.

– Je vais retrouver ta mère tout de suite! Je n'ai plus du tout envie de rester ici avec toi! Une fois, c'était drôle; deux, c'était un peu trop!

– Clovis! s'était écriée Agathe en se levant à son tour. Reste ici, s'il te plaît. Laisse-moi au moins m'expliquer... Devant la colère de Clovis, elle avait soudain cédé à la panique. Il semblait trop furieux pour vouloir écouter ses explications. Et elle ne pouvait pas lui en vouloir de cette attitude. Mais enfin, c'était pour son bien qu'elle agissait ainsi. Si seulement elle trouvait comment le lui faire comprendre sans mentionner le pari!

– D'accord, Clovis... j'avoue que j'ai été un peu trop loin aujourd'hui, avait-elle dit en le regardant droit dans les yeux. Mais si j'ai fait ça, c'était en partie pour t'apprendre la méfiance, pour te préparer à affronter Sophie et Laurent à la rentrée. Je veux que tu sois capable de te défendre, de leur dire ce que tu penses d'eux et de déjouer leurs plans! Je sais que ce n'était pas très gentil comme démonstration mais... on m'a toujours dit que l'exemple est le meilleur moyen d'enseigner.

Les larmes lui étaient montées aux yeux tellement elle voulait convaincre son ami de sa bonne foi. Car les paroles qu'elle avait énoncées à ce moment-là venaient directement de son cœur. Et en les prononçant, elle avait soudain compris pourquoi elle s'occupait ainsi de Clovis. Le pari, les médailles, tout cela était à présent bien loin de ses préoccupations. Son véritable défi, c'était de pouvoir aider son ami à se sentir mieux dans sa peau.

Clovis avait senti la sincérité d'Agathe. Lentement, il était retourné vers elle. Ils s'étaient regardés pendant un long moment en silence puis avaient échangé un timide sourire. Et Agathe s'était sentie soulagée. Comme si on lui avait enlevé un gros poids de sur le cœur.

– Tu sais, j'ai une troisième boîte dans mon sac, avait-elle dit en faisant un clin d'œil à son ami.

– Une boîte de Smarties pleine de Smarties? avait-il prudemment demandé.

– Là, tu as vraiment compris! Il ne te reste plus qu'à gagner la prochaine

course pour pouvoir... te régaler!
D'accord?

– Et c'est quoi, la prochaine course?

– C'est... cinq fois les escaliers.

Clovis avait hésité pendant un bon moment mais, la gourmandise aidant, s'était finalement élancé dans les escaliers, Agathe sur ses talons. Comme par hasard, ils avaient terminé la course en même temps... et avaient partagé la boîte de bonbons. Cette journée-là, Clovis avait donc monté et descendu 1800 marches d'escalier pour une vingtaine de Smarties!

Ainsi se termina la fameuse course du mont Royal... et, semblait-il, les réserves d'idées géniales d'Agathe. En attendant de trouver quelque chose, elle se leva et alla dans la cuisine. Sa mère était déjà à table.

– Bonjour, Agathe, lui dit-elle. Tiens, pendant que j'y pense, Mamy a téléphoné hier soir. Elle a demandé si Clovis et toi auriez envie d'aller passer deux semaines à la ferme...

Ses mots frappèrent Agathe comme un coup de fouet. Son imagination venait soudain de se remettre en marche. Et en quatrième vitesse en plus.

– Comment n'y ai-je pas pensé plus tôt! s'exclama-t-elle en riant.

Chapitre 8

Lorsque Agathe avait à peu près un an, ses grands-parents maternels, monsieur et madame Gadbois, avaient acheté une petite ferme à Havelock, près de la ville de Hemmingford. Madame Gadbois s'était alors transformée en fermière, s'occupant des poules, élevant des veaux et cultivant un petit jardin. Son mari, qui avait préféré garder son emploi de mécanicien jusqu'à sa retraite, l'assistait tous les soirs dans ces travaux. Ils profitaient du fait qu'ils étaient ensemble les fins de semaine pour acheter de nouvelles bêtes, labourer les champs et faire les foins.

Chaque été, Agathe allait passer au moins deux semaines avec eux. Elle aimait cette vie si différente de celle qu'elle menait en ville. Le matin, il fallait se lever tôt pour aller faire manger les veaux et changer la paille qui était dans leurs enclos. Le petit déjeuner ne venait qu'après. Ensuite, direction poulailler pour donner du grain et de l'eau aux poules et ramasser leurs œufs. Puis, avant de rentrer à la maison, il fallait faire un détour par le jardin pour arracher les mauvaises herbes et cueillir les fraises et les haricots qui étaient arrivés à maturité.

L'après-midi était la période creuse de la journée. Agathe en profitait généralement pour lire, pour aller pêcher dans le ruisseau qui coulait dans un des champs de ses grands-parents ou, lorsqu'il faisait trop chaud, pour faire une petite sieste. Et vers cinq heures, le travail recommençait: retour au jardin pour trouver les pommes de terre ou les carottes qui agrémenteraient le souper, retour au poulailler pour ramasser les nouveaux œufs et retour à l'étable pour faire manger les veaux. Nul besoin de dire qu'après de telles journées, Agathe n'avait que deux envies: un bon bain et un bon lit.

Lorsque la voiture s'engagea dans l'allée qui conduisait à la petite maison de briques rouges située au sommet d'une butte, monsieur Valin klaxonna deux fois pour signaler leur arrivée. À ce moment-là, un gros chien roux apparut en aboyant.

– C'est Chouki! cria Agathe en sortant précipitamment de la voiture.

Elle attrapa le chien par le cou et cacha son visage dans le long pelage.

– Salut, mon vieux Chouki! Regarde, j'ai quelqu'un à te présenter.

Clovis, qui l'avait suivie, tendit la main vers le chien. Celui-ci y donna un grand coup de langue. Monsieur et madame Valin les rejoignirent et caressèrent le chien à leur tour.

– Eh bien, le chien, on dirait qu'il n'y a que toi pour nous accueillir! dit monsieur Valin. Pourtant les autos sont là...

– À cette heure-ci, ils doivent être en train de nourrir les animaux, déclara Agathe en regardant sa montre. Je vais les chercher. Tu viens, Clovis?

– Bien sûr! répondit celui-ci.

– Papy! Mamy! cria Agathe quelques secondes plus tard, en poussant la grosse porte de bois qui fermait l'étable. On est arrivés!

Monsieur et madame Gadbois, qui étaient en effet occupés avec leurs animaux, se tournèrent vers elle en souriant.

– Bonjour, Agathe, dit monsieur Gadbois en lui tendant les bras.

– Bonjour, Papy! cria celle-ci en lui sautant au cou. Ça fait longtemps qu'on ne s'est pas vus!

– Au moins un mois, dit madame Gadbois en les rejoignant. Alors, je n'ai pas droit à ma bise, moi?

Agathe lâcha son grand-père et se jeta dans les bras de sa grand-mère.

– Bonjour, Mamy! Oh, je suis si contente d'être ici!

Clovis se tenait toujours devant

la porte. Il n'osait pas bouger et ne savait pas quoi dire. Agathe semblait l'avoir oublié. Il toussota pour lui rappeler sa présence et tout le monde se tourna vers lui.

– Comme ça, tu nous as amené de la visite? demanda monsieur Gadbois à Agathe.

– Oui. Je vous présente Clovis.

– Bonjour, mon bonhomme! fit monsieur Gadbois. On est bien contents de te voir, depuis le temps qu'on entend parler de toi. Et surtout, ne te gêne pas avec nous, d'accord? De toute manière, je compte sur Agathe pour te mettre à l'aise! Mais dis donc, fillette, tes parents ne viennent pas? Ils ont peur de salir leurs chaussures ou quoi?

Agathe éclata de rire.

– Ça se pourrait bien, dit-elle. Mais je crois plutôt qu'ils sont en train de rentrer nos affaires.

– Je vais aller voir ce qu'ils font, dit madame Gadbois à son mari. En attendant, tu pourrais peut-être leur montrer notre nouvelle acquisition...

Agathe regarda ses grands-parents avec curiosité.

– Suivez-moi, fit son grand-père en souriant mystérieusement.

Ils s'enfoncèrent dans l'étable et se rendirent jusqu'à un petit enclos isolé des autres.

– Regardez, fit-il à mi-voix.

Agathe et Clovis se penchèrent et, soudain, ils poussèrent un cri de joie. Une chèvre au pelage blanc s'approchait d'eux en trottinant. Mais ce qui était ahurissant, c'était sa taille: elle n'était pas beaucoup plus grosse qu'un chat!

– Est-ce qu'elle est naine? demanda Agathe au bout d'un moment.

– Mais non voyons! répliqua son grand-père en riant. Elle n'a que deux semaines. Elle ne va pas tarder à grandir, ne t'inquiète pas.

– Elle est si petite qu'elle fait pitié toute seule dans cet enclos. Et sa barrière est tellement haute qu'on la croirait en prison! Pourquoi tu ne la baisses pas un peu?

– Tu ne connais pas l'expression «sauter comme une chèvre?» Eh bien, si elle n'existait pas déjà,

Clochette l'aurait inventée. On dirait qu'elle est montée sur ressorts!

– Allez saute, Clochette! fit Agathe en riant.

– Laisse-lui au moins le temps de digérer son repas, dit monsieur Gadbois. Et en parlant de repas, il me semble que j'ai un petit creux, moi. Il est sûrement l'heure de souper!

Une demi-heure plus tard, tout le monde était installé à table. Agathe avait pris soin de s'asseoir à côté de Clovis pour qu'il ne se sente pas trop perdu et, surtout, pour observer la quantité de nourriture qu'il mangerait. Elle vit donc que, malgré sa timidité, il reprit deux fois du poulet, mangea quatre pommes de terre au four, trois tranches de pain très généreusement beurrées, deux morceaux de fromage et deux pointes de tarte aux pommes. «Qu'est-ce que ça sera quand la gêne des premiers jours sera passée», pensa-t-elle.

Elle avait donc bien fait d'élaborer ce nouveau plan. Plan qu'elle mit à exécution le soir même, après avoir embrassé ses parents qui retournaient à Montréal.

– Alors, Clovis, tu es content d'être venu? demanda-t-elle lorsqu'ils s'installèrent dans la chambre qu'ils allaient partager pendant les deux prochaines semaines.

– Oh oui! répondit Clovis. Tes grands-parents ont l'air vraiment gentils.

Agathe hocha gravement la tête mais ne répondit pas.

– Qu'est-ce qu'il y a? demanda Clovis, surpris par la réaction de son amie. J'ai... j'ai fait quelque chose qu'il ne fallait pas?

– Ben... Oh, oublie ça!

– Agathe! insista Clovis, de plus en plus inquiet. Dis-moi ce qu'il y a, voyons! Si j'ai fait quelque chose de travers, j'ai le droit de le savoir!

– Bon, si tu y tiens... Tu vois, en temps normal, mon grand-père, qui est mécanicien, travaille au garage. Il lui reste un an avant de pouvoir prendre sa pré-retraite. Mais il s'est fait mal au dos il y a trois semaines et actuellement, il est en accident de travail. Mais il n'a pas encore touché son premier chèque. Alors... alors...

– Alors quoi? s'impatienta Clovis.

– Ben alors, pour manger, ils utilisent une partie de ce qu'ils ont grâce à la ferme: les légumes, les poulets, les œufs, la viande de veau. Mais ce qu'ils mangent, ils ne le vendent pas. Alors déjà qu'en temps normal la ferme ne rapporte pas assez d'argent pour les faire vivre...

Au fur et à mesure qu'Agathe parlait, Clovis semblait se ratatiner. Il aurait voulu disparaître sous terre.

– Je... n'aurais... pas dû... ve... nir? bafouilla-t-il.

– Mais non! s'exclama Agathe en se retenant pour ne pas éclater de rire. Mais... si seulement tu pouvais manger un peu moins aux repas, je crois que tu leur rendrais service...

– Moins? fit Clovis, stupéfait.

– Ben oui. Moins on mangera, plus mes grands-parents auront de produits à vendre et moins ils auront de problèmes d'argent. Tu comprends?

Clovis comprenait malheureusement très bien.

– Tu as probablement raison, répondit-il finalement. Heu... merci de m'avoir prévenu. On se couche maintenant?

Quelques minutes plus tard, ils éteignaient la lumière. Agathe soupira d'aise et s'enfonça sous les couvertures de son lit. Tout marchait comme sur des roulettes. À moins que...

– Heu... Clovis, dit-elle.

– Oui?

– Surtout, ne parle à personne de ce que je t'ai dit. Ils ont leur fierté, mes grands-parents.

– Oh, ne t'inquiète pas! Je comprends ces choses-là aussi! répondit Clovis.

«Le problème, pensa-t-il, c'est de les faire accepter à mon estomac...»

Chapitre 9

Et dès le lendemain midi, Agathe put voir à quel point Clovis avait accepté de suivre ses conseils. Il refusa le deuxième œuf que lui proposa madame Gadbois et se servit des portions plus que raisonnables. Agathe était donc vraiment fière de sa dernière trouvaille. Pendant deux semaines, elle allait pouvoir contrôler tout ce que son ami avalerait! Et en plus de s'assurer qu'il ne mangerait pas trop, elle allait veiller personnellement à ce qu'il dépense beaucoup d'énergie dans le jardin, l'étable et le poulailler.

– Vous voulez venir faire des courses avec moi, cet après-midi? demanda Madame Gadbois pendant le repas. On pourrait aller à Mooers, aux États-Unis. Ce n'est pas plus loin que Hemmingford et ça permettrait à Clovis de voir la région.

– Ça c'est une bonne idée! s'exclama Agathe, qui adorait passer la frontière.

Son cœur battait toujours plus vite quand le douanier interrogeait les adultes qui l'accompagnaient et, secrètement, elle espérait toujours qu'un jour on les fouille. Mais ça, elle ne s'en vantait pas trop fort...

Clovis aussi était enchanté à l'idée d'aller aux États-Unis. Il engloutit donc son repas – ce qui n'était pas difficile – et monta mettre des vêtements propres. Il commençait à se changer lorsque Agathe frappa à la porte de la chambre.

– Clovis! cria-t-elle. Tu n'es pas encore changé?

– Non, pourquoi?

– Mamy vient de me demander si on pouvait aller donner de l'eau à Clochette. Elle a oublié de lui en laisser ce matin. Mais comme je me suis déjà changée, je préférerais ne pas retourner à l'étable. Tu veux bien y aller tout seul?

– Oui bien sûr, répondit Clovis en haussant les épaules.

– Tu es drôlement gentil! Tu trouveras un seau dans l'étable, à côté de la pompe. Tu n'auras qu'à le remplir et à le poser dans l'enclos de Clochette. Heu... pour déposer le seau, n'enlève que les trois premières planches de la barrière. Sinon Clochette pourrait se sauver.

Clovis frissonna en imaginant le sort de la pauvre petite Clochette perdue dans la nature. Puis il se secoua. Franchement, il était capable de donner à boire à une chèvre!

Il se rendit donc à l'étable, remplit le seau et s'approcha de l'enclos. Puis, comme l'avait dit Agathe, il enleva les trois premières planches de la barrière.

– Coucou, Clochette! Viens voir, j'ai de la bonne eau fraîche pour toi! dit-il en déposant le seau dans l'enclos.

La petite chèvre fit alors son apparition en courant et, sans même prêter attention à Clovis, prit son élan et s'éleva par-dessus la clôture comme si rien n'était!

– Clochette! cria Clovis en la voyant détaler.

Il voulut courir derrière elle mais ses jambes semblaient ne plus vouloir lui obéir. Sa bouche était soudain très sèche et son cœur battait à toute vitesse. Comment ferait-il pour expliquer la fuite de Clochette à monsieur et madame Gadbois? Il savait bien qu'il n'en serait pas capable. Il devait donc la rattraper avant que quiconque s'aperçoive de sa disparition. La première chose à faire, pensa-t-il, était de l'empêcher de sortir de l'étable. Il courut donc vers la porte et la ferma brusquement.

– Aïe! fit une voix, de l'autre côté du battant de bois.

Clovis arrêta instantanément son mouvement et passa la tête dehors. Il poussa alors un soupir de soulagement en se retrouvant nez à nez avec Agathe.

– Je venais voir ce que tu faisais, répondit-elle avec une curieuse lueur dans les yeux.

– Agathe, c'est affreux, fit Clovis en la tirant à l'intérieur de l'étable. Clochette s'est échappée!

– Oh non! Mais c'est terrible! Que s'est-il passé?

– Ben, j'ai enlevé les trois premières planches de la barrière, comme tu me l'as dit, et... elle a réussi à sauter.

– Je ne comprends pas, murmura Agathe tout en se souvenant fort bien que sa grand-mère lui avait dit de ne pas enlever plus de DEUX planches... Mais une chose est sûre, il ne faut pas que Mamy le sache. Elle aime tellement ses animaux qu'elle va s'inquiéter si on le lui dit. Il vaut mieux lui éviter ça en rattrapant Clochette tout seuls.

– Tu as raison, affirma Clovis, qui n'avait pas du tout envie d'avertir madame Gadbois de sa bêtise.

– Le problème, continua Agathe, c'est qu'elle va venir nous chercher si on ne la rejoint pas très vite.

– Alors, qu'est-ce qu'on fait?

– J'ai une idée. Je vais partir faire les courses avec elle. Parce que si elle y va toute seule, elle sera de retour dans moins d'une heure. Si je l'accompagne, je la retarderai le plus possible. Du côté de Papy, tu n'as rien à craindre: il ne sera pas de retour avant le souper.

– Mais comment va-t-on expliquer à ta grand-mère que je ne veux pas aller avec vous?

– Je vais lui dire que tu préfères rester ici et faire la sieste. Tu étais trop gêné pour le lui dire mais quand on a été seuls, tu me l'as fait comprendre. Ça te va?

– Je crois bien que je n'ai pas le choix, répondit Clovis en soupirant. Alors à tout à l'heure.

Il regarda son amie partir, un pincement au cœur. Le travail qui l'attendait n'était pas de tout repos. Mais celui d'Agathe non plus. Elle devait convaincre sa grand-mère de partir en laissant Clovis tout seul à la ferme. Et ça aussi, c'était difficile. Mais elle y parvint en jouant de ses charmes et en acceptant d'aller à Hemmingford plutôt qu'à Mooers. C'est ainsi qu'au bout d'une quinzaine de minutes, Clovis entendit un bruit de moteur qui s'éloignait.

– Clochette, à nous deux! dit-il alors.

Il balaya l'étable du regard et l'aperçut, perchée sur les bottes de foin.

– Viens ici! gronda-t-il. Parce que si tu ne descends pas tout de suite, je monte te chercher!

Pas du tout impressionnée par ces menaces, la petite chèvre émit un bêlement qui semblait dire «Monte donc, si tu l'oses! Moi, je suis très bien ici. Alors, j'y reste.»

Avec un soupir, Clovis se mit en devoir d'escalader la montagne de foin. Mais comme il tendait le bras pour attraper Clochette, celle-ci se redressa vivement et, en trois bonds, se retrouva sur le plancher.

– Oh non! s'exclama Clovis en redescendant le plus vite possible. C'est pas juste! Il vaudrait mieux pour toi que tu m'attendes, autrement je vais me fâcher!

Tout à sa colère, il ne regarda pas où il posait les pieds et au moment où il allait sauter par terre, il trébucha à cause d'une des cordes qui attachaient les bottes de foin. Déséquilibré, il se retrouva allongé sur le sol.

– Aïe! cria-t-il. Vilaine Clochette, je me suis fait mal à cause de toi! Mais... Clochette? Où es-tu, Clochette!

Il avait beau regarder à droite et à gauche, la petite chèvre était invisible. C'est alors qu'il entendit un bêlement derrière lui.

– C'est pas vrai! fit-il en levant les yeux vers le sommet du tas de paille où Clochette avait trouvé refuge.

Il se redressa lentement en grimaçant et se mit à nouveau à grimper. Mais encore une fois, elle avait disparu quand il arriva en haut. Découragé, le pauvre Clovis, rouge et décoiffé, s'assit et poussa un énorme soupir.

– Attends un peu que je te tienne, fit-il à mi-voix car il n'avait plus la force de crier. Je vais...

Mais Clochette ne sut jamais ce que Clovis avait l'intention de lui faire. Au beau milieu de ses menaces, la botte de paille sur laquelle il s'était installé se défit et c'est en hurlant qu'il glissa jusqu'au sol sur le derrière! Le voyant arriver aussi vite et aussi bruyamment, la pauvre chèvre eut la peur de sa vie. Elle prit ses pattes à son cou pour aller se réfugier sur la moissonneuse-batteuse.

Et Clovis n'eut d'autre choix que de se lever et de la suivre dans cette périlleuse ascension. Tout comme il l'accompagna sur et sous le tracteur, tout comme il se glissa une douzaine de fois dans les enclos des veaux, tout comme il retourna à quatre reprises sur le tas de foin...

Au bout de deux heures, il était exténué. Quant à Clochette, il ne faisait aucun doute qu'elle appréciait cette partie de cache-cache.

Tout à coup, un bruit de moteur se fit entendre. Clovis se précipita à la porte de l'étable. C'était bien ce qu'il redoutait: Agathe et sa grand-mère étaient de retour! À ce moment-là, comble de malchance, Clochette se faufila entre ses jambes et s'enfuit à l'extérieur.

– Clochette! hurla-t-il en la poursuivant.

Mais il trébucha et tomba par terre.

– Oh zut! pensa-t-il. Qu'est-ce que je vais faire?

Il ne se le demanda pas long-temps...

– Mais que se passe-t-il ici? fit une voix derrière lui.

Clovis se retourna et vit madame Gadbois qui le dévisageait avec inquiétude. Il faut dire qu'il avait l'air bien misérable, le pauvre Clovis: ses cheveux étaient collés de trans-piration, son pantalon, déchiré au genou, et ses chaussures, pleines de boue et de crottin. Quant à la paille qui «décorait» ses vêtements, il y en avait en quantité suffisante pour construire un duplex pour hiron-delles!

– Clochette s'est sauvée! mur-mura-t-il. Elle a sauté par-dessus la barrière quand je lui ai apporté de l'eau et depuis, j'essaie de la rattraper...

À ce moment-là, Agathe arriva et Clovis lui fit signe qu'il avait échoué. Madame Gadbois éclata alors de rire.

– Alors là, vous deux! Vous êtes de drôles de numéros! Si vous m'aviez raconté ce qui s'était passé, je vous aurais dit qu'on laisse souvent Clochette en liberté. Elle ne va jamais très loin et revient à l'étable pour son repas du soir. La prochaine fois, ne me cachez donc pas la vérité... ça vous évitera bien des mésaventures!

Les deux enfants, penauds, baissèrent la tête.

– Bon, je vous laisse à vos réflexions, fit madame Gadbois en riant de leurs mines déconfites. Je vais me changer et donner à manger à ces impatients qui commencent à meugler.

– Je t'accompagne, dit Agathe en jugeant que sa période de regrets avait assez duré. Tu viens, Clovis?

– Si ça ne vous dérange pas, je préférerais aller près du ruisseau pour me reposer, répondit-il.

Agathe le regarda partir. Il allait au bord de l'eau chercher du réconfort... Il devait être ennuyé à cause de ce qui s'était passé. Mais un jour, il la remercierait, décida-t-elle pour chasser ses remords.

– Je regrette de t'avoir menti, Mamy, fit-elle quand elles arrivèrent à la maison. Mais je ne voulais pas te dire que Clochette s'était sauvée pour ne pas que tu t'inquiètes.

– Oublions ça, Agathe. Mais à présent que nous sommes seules, j'aimerais que tu m'aides à éclaircir un certain point... Il me semble bien qu'hier soir, quand tu es venue dire au revoir à tes parents, nous étions justement en train de dire à quel point Clochette s'était adaptée à la ferme. Ton grand-père précisait même qu'on pouvait la laisser sans crainte en liberté car de toute manière, elle revenait à son enclos lorsque venait le temps de manger...

– Ah oui? dit Agathe en levant les sourcils. Je ne m'en souviens vraiment pas. J'étais tellement fatiguée...

Chapitre 10

Deux semaines plus tard, c'est avec un pincement au cœur que Clovis monta dans l'auto des Valin pour retourner à Montréal. Son séjour à la ferme avait été des plus agréables. Cela, malgré les repas un peu trop légers, l'aventure avec Clochette et, plus récemment, l'épisode du gazon...

Cette mésaventure était survenue trois jours plus tôt lorsque Agathe l'avait amené dans le petit garage situé à côté de la maison pour aller chercher quelque chose. Elle avait fouillé pendant un moment mais n'avait pas trouvé ce qu'elle voulait. Elle avait tout de même profité de l'occasion pour montrer à Clovis une espèce de minuscule tracteur.

– C'est un jouet? avait-il demandé.

– Non, non! avait répondu Agathe en riant. C'est une tondeuse à gazon.

Elle s'était alors lancée dans une de ses descriptions mouvementées pour lui raconter comment, l'an dernier, son grand-père lui avait permis de conduire ce «mini-tracteur» servant à tondre les deux arpents de pelouse qui s'étendaient de la maison à la route. Son excitation était telle que Clovis, en sortant du garage, n'avait plus vu qu'une chose: le gazon en question avait grand besoin d'être tondu. Il avait alors été voir les grands-parents d'Agathe et leur avait demandé s'il pouvait faire cette «corvée».

– Mais non, mon garçon! avait répondu monsieur Gadbois. Dans la région, on n'a pas l'habitude de transformer nos invités en bagnards!

Mais Clovis avait insisté de toutes ses forces. Il les avait suppliés d'accepter. Il avait tellement envie de leur rendre ce service, disait-il. Quoiqu'en réalité, ce qu'il souhaitait vraiment, c'était d'essayer la tondeuse.

Finalement, un peu étonné de cette persévérance, monsieur et madame Gadbois avaient cédé. Clovis était si timide en temps normal que s'il insistait à ce point pour tondre le gazon, c'est qu'il en avait réellement envie, pensèrent-ils.

– Comme tu veux! avait alors dit monsieur Gadbois en se levant. Je vais chercher la tondeuse et te montrer comment elle marche. Ce n'est pas très compliqué.

Clovis l'avait attendu en bouillant d'impatience. Et puis monsieur Gadbois était revenu, avec la tondeuse.

– Mais..., avait fait Clovis en regardant l'objet.

– Mais quoi? avait demandé monsieur Gadbois.

Clovis était atterré. Le grand-père d'Agathe était arrivé en poussant une tondeuse bien ordinaire...

– Je... je croyais que vous me permettriez d'utiliser le petit tracteur, bafouilla-t-il en rougissant.

– Ah, mais je te l'aurais permis, mon bonhomme... si seulement il marchait encore! Il nous a lâchés il y a trois semaines. C'est pour cela que notre pelouse a les cheveux si longs. Et à voir ta tête, j'ai bien l'impression que ce n'est pas toi qui vas jouer au coiffeur avec elle aujourd'hui!

Mais Clovis, qui avait tellement insisté pour rendre ce service, n'avait pas osé revenir sur sa parole. C'est ainsi qu'il avait poussé la tondeuse pendant plus de trois heures.

Tandis que la voiture de ses parents roulait dans l'allée menant à la route, Agathe vit le regard de Clovis s'attardant sur la pelouse. Elle repensa alors, elle aussi, à cet épisode de leur séjour à la ferme. Mais d'une manière un peu différente. Car naturellement, cette mésaventure de Clovis était le fruit de l'un de ses nombreux plans. Un plan qu'elle avait élaboré après avoir entendu ses grands-parents dire qu'il faudrait bien faire réparer la tondeuse...

Avec un air satisfait, elle appuya confortablement sa tête sur le dossier de son siège. Pour elle, les deux semaines précédentes avaient été un franc succès. Car à son plaisir d'être avec ses grands-parents s'était ajoutée la joie de voir ses efforts récompensés: grâce à ses bons soins, Clovis avait énormément maigri. Et elle n'était pas la seule à l'avoir noté: pendant qu'il avait été chercher ses affaires dans la chambre, ses parents en avait fait la remarque.

– C'est le grand air qui a fait ça! avait dit son grand-père. Parce qu'on ne l'a pas privé de nourriture, je vous le garantis!

– Ça, je n'en doute pas! avait répondu madame Valin en riant, car elle connaissait l'importance que son père attachait au bien-être de ses invités... et à leur estomac!

C'est alors qu'Agathe s'était interposée.

– Heu... vous savez, il vaut peut-être mieux ne pas parler de son poids à Clovis. Il est tellement complexé qu'il se vexe dès qu'il entend le mot kilo!

En fait ce qu'Agathe voulait, c'est que Clovis prenne conscience de son nouvel aspect physique par lui-même ou grâce à ses parents. De cette manière, la «révélation» aurait plus d'effet sur son ami, croyait-elle.

Car inexplicablement, même s'il flottait de plus en plus dans ses habits, Clovis ne semblait pas se rendre compte de la transformation qui s'effectuait en lui. Il n'était pas encore mince, mais on ne pouvait plus le qualifier de gros. Il se portait bien, tout simplement. Pourtant, il ne faisait jamais allusion à ses changements physiques. On aurait dit qu'il ne se voyait pas maigrir.

Madame Théron, par contre, ne fut pas longue à se rendre compte de cette différence lorsque son fils revint à l'appartement après quinze jours d'absence.

– Mais que t'est-il arrivé? s'exclama-t-elle après l'avoir embrassé.

Clovis la regarda sans trop comprendre.

– Mais tu ne t'es pas vu? continua-t-elle. Au premier coup d'œil, je crois que tu as perdu au moins cinq kilos!

Quand il alla déposer ses affaires dans sa chambre, Clovis se regarda dans le miroir avec curiosité. C'est vrai qu'il avait maigri. Il fouilla dans ses tiroirs et en ressortit un short qu'il n'avait pas pu mettre depuis une éternité. Et il l'enfila sans aucune difficulté! Il ne rêvait donc pas! C'est le cœur tout joyeux qu'il se dirigea vers le salon d'où lui parvenait le babillage de ses deux sœurs. Il s'amusa avec elles jusqu'à ce que leur collation soit prête.

– Oh zut! fit madame Théron lorsque les deux petites réclamèrent à boire. Je n'ai plus de lait! Veux-tu aller en chercher au dépanneur, Clovis?

Quelques minutes plus tard, Clovis marchait allègrement dans la rue. Il se sentait heureux et, surtout, moins gros. Un sourire aux lèvres, il pénétra dans le dépanneur, alla chercher deux litres de lait et les déposa sur le comptoir.

C'est alors qu'une voix le fit sursauter.

– Clovis? C'est toi, Clovis Théron?

Clovis sentit ses jambes ramollir et le sang se retirer de son visage. Lentement, il se retourna. Pour se retrouver nez à nez avec... Sophie Proulx.

Chapitre 11

– Sa... salut, Sophie, bafouilla-t-il.

– Ça alors! s'écria Sophie. Mais c'est bien Clovis Théron. Je n'en reviens pas!

«C'est incroyable comme il a maigri, pensa-t-elle. Agathe Valin a dû s'occuper de lui pendant l'été.» Elle avait donc pris l'histoire du pari au sérieux. Et à voir le résultat qu'elle avait obtenu avec Clovis, elle pouvait sûrement gagner le défi. Toutefois, il restait deux semaines avant la rentrée et les mini-olympiques. Suffisamment pour démolir tout ce beau travail...

Clovis ne savait plus trop comment se tenir. Sophie le regardait de la tête aux pieds avec insistance et il se sentait mal à l'aise. Mais trop gêné pour s'en aller.

– Je n'en reviens réellement pas! fit soudain Sophie avec un grand sourire. J'ai failli ne pas te reconnaître. Agathe a réellement fait du beau travail!

Clovis fronça les sourcils sans comprendre. Qu'est-ce qu'elle racontait, cette chipie de Sophie?

– Que veux-tu dire par là? demanda-t-il en restant sur ses gardes.

– Oh, bien sûr! Que je suis bête! Elle ne t'a pas mis au courant. Elle n'en avait pas le droit!

– Mais... mais de quoi parles-tu?

Sophie regarda à droite et à gauche, comme pour s'assurer que personne n'épiait leur conversation.

– Écoute, fit-elle ensuite sur un ton confidentiel. Je ne peux vraiment pas te parler en ce moment. J'arrivais justement pour aider mon père...

– Ton père?

– Ben oui, c'est son magasin ici. Mais j'ai une idée: on se donne rendez-vous demain après-midi vers une heure au Dairy Queen qui est sur Saint-Michel.

– Pour quoi faire?

– Tu ne veux pas connaître la vérité au sujet d'Agathe?

Clovis regarda Sophie d'un air sceptique. Il se souvenait de tout ce qu'elle lui avait fait et, particulièrement, de la manière dont elle avait failli le brouiller avec Agathe le jour des mini-olympiques.

– Je sais, tu ne me crois pas sincère, reprit alors Sophie en baissant les yeux. Et... tu as peut-être raison. Je n'ai pas toujours été très gentille avec toi. Mais tu sais, en trois mois, j'ai bien changé.

– Mais pourquoi ne peux-tu pas me parler maintenant?

– Parce que je n'ai pas le temps, fit-elle sur un ton qui n'admettait pas de réplique. Demain à une heure, je t'attendrai avec Laurent au Dairy Queen. Et j'en profiterai pour t'offrir une crème glacée... en signe de réconciliation!

Cette dernière offre convainquit bien sûr Clovis qui, après avoir payé son lait, retourna lentement chez lui. Que voulait lui dire Sophie? Du mal d'Agathe probablement! Il irait donc là-bas l'écouter et, finalement, lui dire ce qu'il pensait d'elle et de son ami Laurent.

Le lendemain, à l'heure prévue, il arrivait au lieu du rendez-vous. Sophie et Laurent étaient déjà là. En l'apercevant, ce dernier poussa un grand cri.

– Alors là, je n'en crois pas mes yeux! dit-il à Sophie. Tu avais beau m'avoir prévenu, j'en reste bouche bée!

– Mais... de quoi parles-tu? demanda timidement Clovis qui, depuis sa conversation avec Sophie, avait complètement «oublié» sa nouvelle apparence physique pour redevenir «le gros de l'école».

– Nous parlerons de tout ça plus tard, répliqua Laurent. Pour l'instant, choisis ce que tu veux manger: c'est Sophie qui paie la tournée.

Clovis commanda un énorme

banana split alors que Sophie et Laurent se contentaient d'une «slutch». Ils s'installèrent ensuite sur un bloc de ciment placé dans le parking.

– Alors? demanda Clovis. Qu'est-ce que vous voulez me dire?

Les deux autres se rapprochèrent de lui.

– Ce qu'on va te dire va peut-être te faire de la peine mais... il le faut, fit Laurent d'un air pathétique. Il est nécessaire que tu saches où sont tes vrais amis.

Clovis les observa et, se souvenant des nombreuses fois où ils s'étaient moqués de lui, se prépara à se lever.

– Je le sais, où sont mes vrais amis! répondit-il sèchement. Et ils ne sont pas ici!

– Allons, Clovis! s'exclama Sophie, prise au dépourvu par cette réaction. Ne t'énerve pas. On va tout te raconter et... et tu jugeras par toi-même.

Elle se tourna légèrement vers Laurent et ils échangèrent un regard entendu. Il leur faudrait jouer beaucoup plus serré qu'ils ne l'avaient cru. Car Agathe avait fait du bon travail non seulement avec le physique de Clovis mais aussi avec son caractère.

– Écoute, dit doucement Laurent. À la fin de l'année scolaire, le jour des mini-olympiques, tu es parti un peu... brusquement. Après ton départ, Sophie et Agathe sont restées seules. Alors...

– Alors, Agathe était vraiment en colère parce que tu l'avais abandonnée, continua Sophie. À ce moment-là, elle a parié avec moi qu'à la rentrée, vous gagneriez toutes les épreuves mixtes des mini-olympiques. Je lui ai dit que ça ne se pouvait pas à moins que...

Elle s'arrêta et baissa les yeux.

– Excuse-moi, Clovis, je vois à présent combien j'étais méchante... Je lui ai affirmé que c'était impossible que vous gagniez à moins qu'elle ne te porte ou qu'elle ne t'empêche de manger pendant deux ou trois mois... Et elle a répondu qu'elle s'arrangerait pour te mettre en forme cet été, coûte que coûte.

Pour pouvoir remporter les médailles... et le pari.

Les derniers mots de Sophie parvinrent aux oreilles de Clovis comme à travers un brouillard. Il comprenait à présent bien des choses. Les escaliers du mont Royal et les boîtes de Smarties, les concours de descentes en planche à roulettes, les courses derrière la chèvre... Tout s'éclairait. Mais était-il possible qu'Agathe, son amie Agathe, ait manigancé tout ça pour un pari?

– C'est impossible! s'écria-t-il en se levant. Vous n'êtes que deux menteurs et si je ne me retenais pas...

– Calme-toi! l'interrompit Laurent en l'attrapant par un bras. Nous, on ne t'a dit ça que pour te rendre service!

– Clovis, insista doucement Sophie. Il y a un moyen pour que tu saches la vérité. Je vais téléphoner à Agathe et tu vas écouter ma conversation.

Elle se dirigea alors vers la cabine téléphonique et, bientôt, commença à parler.

– Allô, Agathe? C'est Sophie, fît-elle au bout d'un moment. Sophie Proulx. Tu me replaces à présent?

Après un court silence, elle reprit.

– Ce que je veux? J'ai absolument besoin de te voir au sujet du pari. De te voir maintenant. (Silence) Je suis au Dairy Queen avec Laurent. Il faut que tu viennes tout de suite. (Silence) D'accord, on t'attend dans une demi-heure.

Elle raccrocha et se tourna vers Clovis avec un air satisfait. Celui-ci, comprenant le sens de la conversation, était soudain très pâle. Agathe acceptait de venir. Elle savait donc de quoi parlait Sophie...

– C'est im... possible, bafouilla-t-il. Tu... tu ne parlais pas à Agathe!

– Reste avec nous, répliqua Sophie en souriant. Tu le sauras dans une demi-heure. En attendant, viens prendre un autre dessert.

De son côté, Agathe était perplexe. Que voulait dire ce mystérieux appel de Sophie? pensait-elle en montant dans l'autobus pour aller au Dairy Queen. Sa curiosité l'empêcha de flairer le piège qui lui était tendu et quand elle comprit, il était trop tard. Assis sur un bloc de ciment, un grand sourire aux lèvres, Sophie et Laurent la regardaient arriver. Et entre eux, Clovis. Un Clovis blême, les yeux agrandis comme par une vision d'horreur, une énorme coupe de crème glacée vide entre les mains...

Chapitre 12

– Clovis, fit Agathe d'une voix in-
certaine en s'approchant du groupe.

Mais Clovis ne répondit pas. Il se
contenta de la regarder, son visage
blême semblant aussi dur que du
marbre. Agathe hésita à avancer da-
vantage. Son regard tomba alors sur
Sophie et Laurent, qui souriaient de
plus belle.

– Qu'est-ce que vous lui avez dit?
gronda-t-elle.

Loin d'être impressionnés, ils
éclatèrent de rire.

– Mais la vérité voyons! s'exclama

Sophie. Nous lui avons parlé du défi que TU m'as lancé. Et maintenant, excuse-nous, mais nous devons partir. Tu viens, Laurent?

Celui-ci hocha la tête et suivit son amie.

– On se revoit dans deux semaines... aux mini-olympiques! cria-t-il en courant pour ne pas rater l'autobus.

Agathe les regarda. Quelle paire ils faisaient ces deux-là! Aussi méchants l'un que l'autre. Ses yeux se posèrent ensuite sur Clovis qui, lui aussi, observait Sophie et Laurent monter dans l'autobus. Ou du moins, semblait les observer. Car ses yeux étaient vides de toute expression.

– Clovis, dit alors Agathe en s'asseyant à côté de lui.

– Laisse-moi seul, fit-il d'une voix sourde.

Agathe mordit ses lèvres et plissa les yeux comme sous le coup d'une grande douleur. Elle sentait qu'entre elle et Clovis, quelque chose était cassé. Et cela, à cause de cette affreuse Sophie!

– Je vais te laisser, Clovis, répondit-elle gravement en essayant de faire taire la colère qui, à présent, montait en elle. Mais je veux auparavant savoir ce que tu me reproches.

– Ne fais pas l'hypocrite, Agathe! cria Clovis. Pendant trois mois, j'ai joué et j'ai rigolé avec toi. Ce que j'ignorais, c'est que de ton côté, quand tu riais, c'était de moi et non pas avec moi!

– Ce n'est pas vrai! riposta Agathe.

– Et le pari alors? demanda sèchement Clovis.

– Le pari...

– Oui! Ce fameux pari que tu as fait avec Sophie! Tu aurais pu m'en parler. J'aurais au moins su à quoi m'en tenir au sujet de toutes les bonnes idées que tu as eues cet été! Qu'est-ce que tu as dû rire alors! Viens, Clovis, on va faire la course! Viens, Clovis, on va monter les escaliers du mont Royal! Viens, Clovis! Viens, Clovis! Viens, Clovis!

– Arrête! Arrête ça! cria Agathe exaspérée. Laisse-moi au moins une chance de m'expliquer!

– La seule chose que je veux savoir, répondit lentement Clovis, c'est si oui ou non tu as parié.

– Mais ce n'est pas si simple que ça...

– Oui ou non? reprit Clovis sans même faire attention à ce qu'elle disait.

– Oui, mais...

– Parfait! gronda-t-il en se levant brusquement.

Et avant même qu'Agathe ait pu faire un geste pour le retenir, il s'éloignait en courant.

– Clovis! cria-t-elle. Clovis, attends-moi!

Mais Clovis n'écoutait rien du tout. Il courait aussi vite qu'il le pouvait le long du boulevard Saint-Michel. Il ne voulait plus rien entendre. Ce qu'il avait appris lui avait brisé le cœur, et personne ne pourrait réparer ces dégâts. Pas même Agathe. Surtout pas Agathe!

La seule chose qu'il voulait, c'était arriver chez lui le plus vite possible et se retrouver avec sa famille, avec ceux qui ne le trahiraient jamais. Il devait donc courir, courir sans relâche en dépit des crampes qu'il commençait à ressentir. Mais malgré ses efforts, il ralentissait. Et Agathe se rapprochait de plus en plus de lui.

– Je te tiens! s'écria-t-elle soudain en l'attrapant par son T-shirt. Arrête-toi, autrement c'est moi qui vais m'arrêter et tu seras obligé de me traîner pour continuer!

Clovis stoppa alors sa course. Mais la menace d'Agathe n'y était pour rien. S'il s'était arrêté, c'était parce qu'il n'en pouvait vraiment plus. Les crèmes glacées qu'il avait mangées plus tôt semblaient se battre en duel dans son estomac. Mais sa colère était intacte...

Il se retourna donc vivement vers Agathe, bien décidé à lui dire de le laisser tranquille. Mais, à sa grande surprise, elle ne le regardait même pas. Son regard se dirigeait vers le point d'où ils étaient partis.

– Sauvé, Mont-Joli, Sauriol, Fleury, Prieur... murmurait-elle.

Et soudain, elle fit face à Clovis. Un sourire illuminait son visage.

– Cinq coins de rue! cria-t-elle.

Croyant à une nouvelle diversion, Clovis haussa les épaules et se mit à marcher – il n'avait vraiment plus la force de courir – en direction de chez lui. Mais Agathe le rattrapa et le força à la regarder.

– Tu n'as pas compris ce que j'ai dit? Il m'a fallu cinq coins de rue pour te rattraper! répéta-t-elle en détachant bien les syllabes de chaque mot. Cinq!

– Et alors? riposta Clovis en haussant les épaules. Il t'en aurait fallu encore plus si je n'avais pas mangé toute cette crème glacée!

– Mais enfin, te rends-tu compte de ce que tu dis? s'exclama Agathe en souriant de plus belle. Il y a trois mois, tu n'aurais pas fait deux mètres avant que je te rattrape!

– Et puis? Tout ce que ça prouve, c'est que tu m'as bien «entraîné» pendant l'été. Si je n'avais pas appris toute la vérité, tu aurais même pu gagner ton pari! J'espère que tu es contente?

– Et toi? fit doucement Agathe. Es-tu content?

– Moi, je viens de perdre celle qui

disait être mon amie. Et tu voudrais que je sois content pour ça?

Il se remit à marcher d'un pas vif. Et Agathe le suivit, des larmes de colère lui montant aux yeux. Ce Clovis était vraiment une tête de mule qui ne voulait rien entendre.

– Oui, dit-elle. Oui, tu devrais être content. Parce que pour me jouer de toi, comme tu dis, je t'ai aidé à te mettre en forme et à maigrir, je t'ai réappris ce qu'était le plaisir de courir, le plaisir de sauter, le plaisir de relever des défis. Oui, tu devrais être content. Parce que le temps où tu ne pouvais pas courir cinq mètres sans agoniser est bel et bien terminé. Et finalement oui, tu devrais être content parce que tu as réappris à te défendre. Peut-être pas contre les bonnes personnes cependant...

Agathe s'interrompit pour reprendre son souffle. Mais ses yeux brillaient toujours d'excitation et de colère quand elle continua.

– Je t'ai aidé parce que je me suis dit que si tu devenais moins gros, tu aurais plus confiance en toi. Tu pourrais dire en face aux gens «Mon nom, c'est Clovis. Vous avez quelque chose à dire contre ça?» C'est ce que j'ai fait pendant tout l'été, moi, celle qui se disait ton amie. Mais si tu préfères croire cette bonne Sophie qui, elle, t'a sûrement été d'un plus grand secours, alors libre à toi!

À présent, les larmes coulaient sur ses joues. Des larmes de rage en même temps que de tristesse. Elle tourna alors le dos à Clovis et se mit à marcher d'un pas rapide.

– Agathe, entendit-elle soudain.

Elle ralentit mais ne se retourna pas.

– Agathe, répéta Clovis en posant une main sur son épaule. Viens dans le parc avec moi, je crois qu'on a besoin de s'expliquer...

Sans se regarder et sans prononcer un mot, ils traversèrent le boulevard et allèrent s'installer sur un banc. Et durant le silence qui suivit, tous deux repensèrent à cette première rencontre au bord de la rivière.

– Qui commence? demanda Clovis au bout d'un moment.

– J'aimerais bien que ce soit toi, répondit Agathe en le regardant. Je voudrais savoir ce que Sophie et Laurent t'ont dit... pour pouvoir me défendre.

Clovis se lança donc dans un récit détaillé de ce qui lui était arrivé depuis sa rencontre de la veille avec Sophie. Et quand, au bout d'une quinzaine de minutes, il eut terminé, Agathe ne put s'empêcher de soupirer.

– C'est désespérant mais je n'ai rien à dire pour ma défense, murmura-t-elle. Pour une fois, Sophie n'a pas menti.

– Ah, fit Clovis, visiblement déçu. J'avais espéré...

– Attends, l'interrompit Agathe. Laisse-moi finir. Oui, Sophie a décrit très justement les faits. Mais ce qu'elle ne pouvait pas te dire, c'est ce qui s'était passé dans ma tête à moi. Tu vois, dès la première journée des vacances, je me suis posé bien des questions au sujet du défi. Dans un sens, je trouvais ça ridicule et méchant de ma part de t'entraîner dans un tel pari. Mais d'un autre côté, cette histoire me semblait avoir du bon. Parce que pour gagner, je devais t'aider à te remettre en forme, donc à maigrir. Comme je te l'ai dit plus tôt, j'étais sûre que si tu maigrissais, tu reprendrais confiance en toi. Et dès cet instant, le pari n'a plus eu d'importance pour moi. Tout ce que j'ai inventé et manigancé cet été, c'était pour toi uniquement. Mais ça, bien sûr, je ne peux pas le prouver...

Elle baissa la tête et attendit en silence le verdict de son ami. Et tandis que les larmes commençaient à lui monter aux yeux, elle sentit qu'on lui passait un bras autour du cou. Et que l'on posait des lèvres sur sa joue. Les larmes coulèrent alors librement sur son visage. Mais c'était des larmes de joie. Tout comme celles de Clovis d'ailleurs.

– Qu'est-ce qu'on fait maintenant? demanda-t-elle au bout d'un moment, d'une voix embarrassée.

Clovis, un peu gêné lui aussi, posa son regard sur elle. Il leur fallut quelques secondes de réflexion avant de se comprendre et d'éclater de rire.

– On va gagner le pari! s'écrièrent-ils en même temps.

Chapitre 13

Et c'est dans le but de remporter toutes les épreuves mixtes des mini-olympiques qu'Agathe et Clovis passèrent les deux semaines qui suivirent à courir, à sauter, à grimper mais surtout, à s'amuser franchement. Bref, le jour de la rentrée, une Agathe en pleine forme se présenta au parc, accompagnée d'un Clovis mince que personne ne reconnaissait. Personne à part Sophie et Laurent, dont les mines s'allongèrent en voyant leurs rivaux réconciliés.

– Hé, Clovis! s'écria Agathe en les apercevant. Regarde donc qui voilà!

– Tiens, mais c'est nos deux bons amis Sophie Proulx et Laurent Richer! fit Clovis en s'approchant d'eux. Dites, vous êtes partis si vite la dernière fois qu'on s'est vus que je n'ai pas eu le temps de vous remercier pour les crèmes glacées. J'espère que vous ne m'en voulez pas!

– Moi aussi je suis une ingrate, ajouta Agathe. Quand je pense que vous avez pris le temps d'expliquer à Clovis pourquoi je me suis si bien occupée de lui cet été, et que je n'ai pas eu un mot de remerciement pour vous. Vraiment, je suis impardonnable!

Sophie et Laurent ouvrirent la bouche pour riposter, mais Agathe et Clovis ne leur en laissèrent pas le temps. Ils tournèrent les talons et s'éloignèrent en riant. Ils riaient d'ailleurs encore sur la ligne de départ.

– Tout ce que je veux, c'est gagner! dit Clovis à Agathe. C'est simple, non? Et ça n'a rien à voir avec ton pari! C'est un compte à régler entre moi et ces deux rigolos!

Agathe éclata de rire, et c'est avec beaucoup d'espoir qu'elle attacha sa jambe droite à la jambe gauche de Clovis. Un espoir qui s'avéra bien placé puisqu'ils remportèrent la première épreuve, devançant de justesse Sophie et Laurent.

– Première médaille pour nous! leur lança Clovis en riant de plus belle devant leurs mines déconfites.

– Vous en avez peut-être une, fit Sophie en s'approchant d'Agathe. Mais n'oublie pas, Agathe Valin, que pour gagner, tu dois remporter les trois médailles!

– Merci de me l'avoir rappelé! Sinon j'aurais peut-être oublié... et ça t'aurait laissé une chance de victoire!

Sophie se raidit de colère et retourna auprès de Laurent.

– Ne t'inquiète pas, lui dit-il. Ils ne gagneront pas le relais. Je suis le coureur le plus rapide de la classe.

Ou du moins, il l'était à la fin de l'année précédente. Mais depuis, trois mois avaient passé et Clovis s'était entraîné. Il put ainsi rattraper la légère avance que Sophie, portée par les ailes de la colère, avait prise sur Agathe.

– Tu l'as eu! cria cette dernière en sautant à son cou, comme il traversait la ligne d'arrivée. Bravo!

Elle n'était d'ailleurs pas la seule à le féliciter. Plusieurs élèves de la classe s'étaient joints à elle. Et Clovis rayonnait de joie.

«C'est ça, ma vraie récompense! se dit Agathe en le regardant. Advienne que pourra avec le pari, je ne sortirai pas vaincue de toute cette histoire.»

– Hé, Laurent, n'oublie pas le proverbe qui dit «Jamais deux sans trois»! fit Clovis un peu plus tard, en s'approchant d'Agathe pour prendre le dernier départ. Vous avez deux défaites, la troisième s'en vient bientôt.

La première partie de la course se passa très bien pour Clovis et Agathe. Celle-ci marchait sur ses mains le plus vite possible, soutenue par un Clovis qui semblait avoir des jambes motorisées. Mais quand ils durent changer de rôle, Agathe comprit que si Clovis n'était plus gros, il était tout de même plus grand, plus costaud et... plus lourd que la plupart des garçons de son âge. À la moitié du trajet, elle n'arrivait plus à le soutenir, ses bras commencèrent à trembler et leurs adversaires passèrent devant.

– Vas-y, Agathe, lui lança Clovis pour l'encourager.

– Je... je n'en peux plus.

– Oh oui, tu peux! Si tu as la force de dire que tu n'en peux plus, c'est qu'il te reste encore un peu d'énergie.

Encouragée par son ami, Agathe sentit alors un regain de force et se mit à accélérer le pas.

– Eh, Sophie! cria-t-elle en reprenant la première place. Porte-le, ton Laurent, tu iras plus vite!

Et c'est en riant et en criant de plus belle que les deux amis franchirent la ligne d'arrivée.

– On l'a fait! s'exclama Clovis en se relevant.

– Oui, on a gagné! s'écria Agathe

en lui attrapant la main et en la levant en signe de victoire.

Ils furent rapidement entourés et félicités par tous les autres élèves... excepté Sophie et Laurent qui s'éclipsèrent pendant un bon moment et ne revinrent que lorsque les médailles furent remises et le calme, revenu. Sophie se planta alors devant Agathe, l'air mauvais.

– Tu as gagné, alors dis-moi en vitesse les trois choses que je dois faire, fit-elle rudement.

– Tu es toujours aussi aimable, Sophie Proulx! s'exclama Agathe. Et je veux que tout le monde le sache. Pour cela, tu vas rédiger un texte pour le journal de l'école. Un texte dans lequel tu nous féliciteras, Clovis et moi, d'avoir gagné toutes les épreuves mixtes. Et si, par hasard, tu ne te sentais pas capable de l'écrire, je peux le faire moi-même. Tu n'auras ensuite qu'à signer!

Sophie fit celle qui n'entendait pas les sarcasmes. Mais son visage déformé par la colère la trahissait.

– Ensuite, qu'est-ce que je dois

faire? demanda-t-elle en serrant les dents.

– Deuxièmement... Eh bien, je crois que Clovis mérite lui aussi l'honneur de te donner un petit... devoir. Alors, je te laisse à ses bons soins.

– Ah non! Le pari, c'est une histoire entre nous deux. C'est toi qui dois me faire faire des choses. Pas lui!

– D'accord, d'accord! fit Agathe en souriant, car elle avait prévu la réaction de Sophie. Alors comme deuxième souhait, je veux que tu fasses... la première chose que Clovis te demandera!

– Je suis d'accord à une condition, répondit Sophie après un moment de réflexion. Si j'accepte de faire ce que Clovis dira, on oublie la troisième demande...

– Avec plaisir! s'écria Agathe, qui n'avait aucune idée de ce qu'elle pourrait encore lui demander.

Sophie se tourna alors vers Clovis.

– Moi, fit ce dernier, je ne serai pas trop... méchant. Je t'interdirai simplement d'apporter des cadeaux à la maîtresse pendant toute l'année scolaire. Comme ça, nous n'aurons plus l'impression que tu essaies de devenir le chouchou de la classe!

– Quoi! s'exclama Sophie en devenant blême de rage. Tu n'as pas le droit!

– Oh oui, qu'il a le droit! répliqua Agathe en trouvant l'idée de Clovis géniale. Tu as perdu le pari après tout!

Laurent ouvrit la bouche pour riposter mais d'un coup de coude, Sophie le fit taire. Ils tournèrent les talons et s'éloignèrent d'un pas vif.

– Oh, Agathe! dit alors Clovis. C'est une des plus belles journées de ma vie.

– Ça, je m'en rends compte, répondit son amie. Je ne t'ai jamais vu aussi excité!

– C'est parce que la vie est drôlement belle. Et ça, c'est un peu grâce à toi.

– Oh, n'exagère pas quand même!

– Je n'exagère pas. Je suis sérieux. Tellement sérieux que je sais

déjà ce que je vais faire pour te remercier!

– Ah oui? fit Agathe avec curiosité. Et qu'est-ce que tu vas faire?

– Ben, je vais t'aider à suivre ton
régime.

– Quel régime?

Clovis éclata de rire.

– Celui auquel toutes les filles se
mettent un jour ou l'autre, tiens!

Achevé d'imprimer au Canada
en avril deux mille cinq
sur les presses de Quebecor World Lebonfon
Val-d'Or (Québec)